JN147704

樹木とその葉

Trees And Their Leaves

若山牧水

田畑書店

表紙画：髙山啓子

序文に代へてうたへる歌十首

著者

書くとなく書きてたまりし文章を一冊にする時し到りぬ

おほくこれたのまれて書きし文章にほのかに己が心動きをる

真心のこもらぬにあらず金に代ふる見えぬにあらずわが文章に

幼くかつ拙しとおもふわが文を読み選みつつ捨てられぬかも

自がこころ寂び古びなばこのごときをさなき文はまた書かざらむ

書きながら肱をちぢめしわがすがたわが文章になしといはなくに

ちひさきは小さきままに伸びて張れる木の葉のすがたわが文にあれよ

おのづから湧き出づる水の姿ならず木々の雫にかわが文章は

山にあらず海にあらずただ谷の石のあひをゆく水かわが文章は

書きおきしは書かざりしにまさる一冊にまとめおくおかざるにまさるべからむ

跋

大正十年の春から同十三年の秋までに書いた随筆を集めてこの一冊を編んだ。並べた順序は不同である。

何々の題目に就き、何日までに、何枚くらい書いてほしいという註文を受けて書いたものばかりである。

なお、非常に編集を急いだため、当然為さねばならなかった取捨をようしなかったので多少文章に重複した様なところなどあるのを校正の際に発見し、誠に申し訳なく思う。

とにかく序歌にもいってある通り、幼くかつ拙いもののみである。一冊となればなお一層それが目立つであろう。それを充分見詰むることによって多少とも今後によき文章が書けたならば難有いと思うのである。

大正十四年二月初旬

沼津千本松原の蔭なる寓居にて

著者

目次

【凡例】

(1)本書は大正十四年、改造社刊『樹木とその葉』を復刊したものである。なお、底本は『若山牧水全集　全十三巻』(増進会出版社刊)を使用した。

(2)表記は基本的に、散文作品は新字・新仮名に、韻文作品は新字・旧仮名に改めた。

(3)散文作品において、漢字語のうち、代名詞・副詞・接続詞など使用頻度の高いものを、一定の枠内で平仮名に改めた。

(4)読みにくい語、読み誤りやすい語には、散文作品では新仮名で、韻文作品では旧仮名で、振り仮名を付した。

(5)底本にある表現で、今日からみれば不適切と思われる箇所があるが、時代背景と作品価値を考え、そのままにした。

(編集部)

樹木とその葉

草鞋の話　旅の話

私は草鞋（わらじ）を愛する、あの、枯れた藁（わら）で、柔かにまた巧みに、作られた草鞋を。あの草鞋を程よく両足に穿（は）きしめて大地の上に立つと、急に五体の締まるのを感ずる。身体の重みをしっかりと地の上に感じ、そこから発した筋肉の動きがまた実に快く四肢（しし）五体（ごたい）に伝わってゆくのを覚ゆる。

呼吸は安らかに、やがて手足は順序よく動き出す。そして自分の身体のために動かされた四辺（あたり）の空気が、いかにも心地よく自分の身体に触れて来る。

机上の為事（しごと）に労（つか）れた時、世間のいざこざの煩（わずら）わしさに耐えきれなくなった時、私はよく用もないのに草鞋を穿いてみる。

二三度土を踏みしめていると、急に新しい血が身体に湧いて、そのまま玄関を出かけてゆく。実は、そうするまではよそに出懸(でか)けてゆくにも億劫(おっくう)なほど、疲れ果てていた時なのである。

そして二里なり三里なりの道をせっせと歩いて来ると、もう玄関口から子供の名を呼び立てるほど元気になっているのが常だ。

身体をこごめて、よく足に合う様に紐(ひも)の具合を考えながら結ぶ時の新しい草鞋の味も忘れられない。足袋を通してしっくりと足の甲を締めつけるあの心持、立ち上った時、じんなりと土から受取る時のあの心持。

と同時に、よく自分の足に馴れて来て、穿いているのだかいないのだか解らぬほどになった時の古びた草鞋も難有(ありがた)い。実をいうと、そうなった時が最も足を痛めず、身体を労れしめぬ時なのである。

ところが、私はその程度を越すことが屢々(しばしば)ある。いい草鞋だ、捨てるのが惜しい、と思うと、二日も三日も、時とすると四五日にかけて一足の草鞋を穿こうとする。そして間々足を痛める。もうそうなるとよほどよく出来たものでも、いずこにか破れが出来ているのだ。従って足に無理がゆくのである。

そうなった草鞋を捨てる時がまたあわれである。いかにもここまで道づれになって来た友人にでも別れる様なら淋しい離別の心が湧く。

「では、さようなら！」

よくそう声に出して言いながら私はその古草鞋を道ばたの草むらの中に捨てる。独り旅の時はことにそうである。

私は九文半の足袋を穿く。そうした足に合う様に小さな草鞋が田舎には極めて少ないだけに（都会には大小ほとんど無くなっているし）一層そうして捨て惜しむのかも知れない。

で、これはよさそうな草鞋だと見ると二三足一度に買って、あとの一二足をば幾日となく腰に結びつけて歩くのである。もっともこれは幾日とない野越え山越えの旅の時の話であるが。


そうした旅をツイこの間私はやって来た。

富士の裾野の一部を通って、所謂（いわゆる）五湖を廻り、甲府の盆地に出で、汽車で富士見高原に在る小淵沢駅までゆき、そこから念場が原という広い広い原にかかった。八ヶ岳の表の裾野に当るものでよく人のいう富士見高原なども謂わばこの一部をなすものかも知れぬ。八里四方の広さがあると土地の人は言っていた。その原を通り越すと今度は信州路になって野辺山が原というのに入った。これは、同じ八ヶ岳の裏の裾野をなすもので、同じく広茫たる大原野である。富士の裾野の大野原と呼ばるるあたりや浅間の裏の六里が原あたりの、一面に萱や芒のなびいているのと違って、八ヶ岳の裾野は裏表とも多く落葉松の林や、白樺の森や、名も知らぬ灌木林などで埋っているので見た所いかにも荒涼としている。ちょうど樹木の葉という葉の落ちつくした頃であったので、一層物寂びた眺めをしていた。

　野辺山が原の中に在る松原湖という小さな湖の岸の宿に二日ほど休んだが、一日は物すごい木枯であった。ああした烈しい木枯はやはりああした山の原でなくては見られぬと私は思った。そこから千曲川に沿うて下り、御牧が原に行った。この高原は浅間の裾野と八ヶ岳の裾野との中間に位する様な位置に在り、四方に窪地を持ってほとんど孤立した様な高原となって居る。私はかつて小諸町からこの原を横切ろうとして道に迷い、まる一日松の林や草むらの間をうろうろしていた事があった。

　そこから引返して再び千曲川に沿うて溯り、終にその上流、というより水源地まで入り込んだ。ここの渓谷は案外に平凡であったが、その渓を囲む岩山、及び、到る所から振返って仰がるる八ヶ岳の遠望が非常によかった。

そしてその水源林を為す十文字峠というを越えて武蔵の秩父に入った。この峠は上下七里の間、一軒の人家をも見ず、ただ間断なくうち続いた針葉樹林の間を歩いてゆくのである。常磐木を分けてゆくのであるが、道がおおむね山の尾根づたいになっているので、意外にも遠望がよくきいた。近く甲州路の国師岳甲武信岳、秩父の大洞山雲取山、信州路では近く浅間が眺められ、上州路の碓氷妙義などはあたかも盆石を置いたが如くに見下され、ずっとその奥、越後境に当った大きな山脈は一斉に銀色に輝く雪を被いていた。

ことにこの峠で嬉しかったのは、尾根から見下す四方の沢の、他にたぐいのないまでに深くかつ大きなことであった。しかもその大きな沢が複雑に入りこんでいるのである。あちこちから聳え立った山がいずれも鋭く切れ落ちてその間に深い沢をなすのであるが、山の数が多いだけその峡も多く、それらから作りなされた沢の数はほんとに眼もまがうばかりに、脚下に入り交って展開せられているのであった。そしてそれらの沢のうち特に深く切れ込んだものの底から底にかけてはありとも見えぬ淡い霞がたなびいているのであった。

峠を降りつくした処に古び果てた部落があった。栃本といい、秩父の谷の一番奥のつめに当る村なのである。削り下した嶮崖の中に一筋の縄のきれが引っ懸った形にこびりついているその村の下を流れる一つの谷があった。即ち荒川隅田川の上流をなすものである。いま一つ、十文字峠の尾根を下りながら左手の沢の底にその水音ばかりは聞いて来た中津川というがあり、これと栃本の下を流るるものとが合して本統の荒川となるものであるが、あまりに峡が嶮（けわ）しく深く、終（つい）にその姿を見ることが出来なかった。

栃本に一泊、翌日は裏口から三峰に登り、表口に降りた。そして昨日姿を見ずに過ごして来た中津川と昨日以来見て来てひどく気に入った荒川との落ち合う姿が見たくて更にまた川に沿うて溯り、その落ち合うところを見、名も落合村というに泊った。

かくして永い間の山谷の旅を終り、秩父影森駅から汽車に乗って、その翌日の夜東京に出た。するとそこの友人の許に沼津の留守宅から子供が脚に怪我をして入院している、すぐ帰れという電報が三通も来ていた。ために予定していた友人訪問をも焼跡見物をもすることもなくしてあたふたと帰って来たのであった。

この旅に要した日数十七日間、うち三日ほど休んだあとは毎日歩いていた。それも両三回、ほんの小部分ずつ汽車に乗ったほか、全部草鞋の厄介になったのであった。

自宅に帰ると細君から苦情が出た、何日にはどこに出るという風の予定を作っておいて貰うか毎日行く先々から電報でも打って貰わぬことにはまさかの時に誠に困るというのである。

もっともとも思うが、私の方でも止むを得なかった。たとえば千曲川の流域から荒川の流域に越ゆる間など、ほぼ二十里の間に郵便局というものを見なかったのだ。

また私は健脚家というでなく、所謂（いわゆる）登山家でなく冒険家でもないので、あまり無理な旅をしたくない。出来るだけ自由に、気持よく、自分の好む山河の眺めに眺め入りたいためにのみ出かけて行くので、行くさきざきどんな所に出会うか解らぬ間は、なかなか予定など作れないのである。

それにしてもどうも私には旅を貪（むさぼ）りすぎる傾向があっていけない。行かでもの処へまで、われから強いて出かけて行って烈しい失望や甲斐なき苦労を味わう事が少なくない。

しかしそれも、「こういう所へもう二度と出かけて来る事はあるまい、思い切ってもう少し行ってみよう。」という概念や感傷が常に先立っているのを思うと、われながらまたあわれにも思われて来るのである。

今度の旅では幾つかの湖と、幾つかの高原と、同じ様に幾つかの森林と、渓谷と、峰と、沢とを見、かつ越えて来た。順序よく行けば十日あれば廻り得る範囲である。それにしてはよく計画された旅であった。私の十七日かかったのは例の貪欲癖（どんよくへき）と、信州路で三四日友人等と会談していたためであった。

机の上に地図をひろげて見ていると、まだまだなかなか行ってみたい処が多い。いつも考える事だが、こうしてみると日本もなかなか広大なものだ。どうか出来るならばせめてこの日本中の景色をでも残る所なく貪り尽して後死にたいものだとしみじみ思わざるを得ぬのである。

草鞋を穿いて歩く様な旅行には無論幾多の困難が伴う。まず宿屋の事である。次に飲食物の事である。

今度の旅でも私は二度、原っぱの中の一軒家に泊めて貰った。二軒ともこの辺の甲州と信州との間の唯一の運送機関になっている荷馬車の休む立場（たてば）の様な茶店で、一軒は念場が原の真中、ちょうど甲信の国境に当った所であった。時雨（しぐれ）は降る、日は暮れる、今夜の泊りと予定した部落まではまだこの荒野の中を二里も行かねばならぬと聞き、無理に頼んで泊めて貰ったのであった。一軒は野辺山が原のはずれ、千曲川に臨んだ嶮崖のとっぱなの一軒家で、景色は非常によかった。

それから妙な廻り合せで裁判所の判検事、警察署長、小林区署長という客の一行から私は二度宿屋を追っ払われた、一度は千曲川縁の小さな鉱泉宿で、一度はそれから一日おいて次の日、その千曲の渓（たに）の一番の奥にある部落の宿屋で。一夜は一里あまり闇の中を歩いて他に宿を求め、一夜は辛うじて同じ村内に木賃風の宿を探し出し、屋内に設けられた厩（うまや）の二疋の馬を相手に村酒を酌んで冷たい夢を結んだ。別に追っ払われる事もないのだがやはりこうして長いものに巻かれていた方が自分の気持の上にむしろ平穏である事を知って居るからであった。

信州では、ことに今度行った佐久地方では鯉は自慢のものである。成程いい味である。がそれも一二度のことで、二度三度と重なると飽いて来る。缶詰にもいい物はなく、海の物は絶無といっていい。

ただ難有（ありがた）いのは山の芋と漬物とであった。私はどこでもまずこの二つを所望した。とろろ汁は出来のよしあしを問わず生来の好物だし、こうした山国の常として漬物だけには非常な注意が払って漬けられているので確かにうまい。味噌漬もいいが、ことに梅漬がよかった。この国では（多分この国だけではないかと思う）梅を所謂梅干という例の皺のよった塩辛いものにせず、木にある生の実のままの丸みと張りと固さとを持った漬け方をするのである。そして同じく紫蘇で美しく色づけられている。これがどこに行っても必ず毎朝のお茶に添えて炬燵の上に置かるる。中の核を抜いて刻んで出す家もあり、粒のままの家もある。これをかりかりと噛んで渋茶を啜るのはまことに私の毎朝の楽しみであった。ほとんど毎朝その容器をば空にした。また、時として酒のさかなにもねだった。

田舎の漬物のことで一つ笑い話がある。ずっと以前、奥州の津軽に一月ほど行っていた事があった。このあたりの食物の粗末さはまた信州あたりの比ではない。たいていのものをば喰べこなす私も後にはどうしても箸がつけられなくなった。そしてやはり中で一番うまいのは漬物だという事になり、そればかり喰べていた。やがてそこを立って帰る時が来た。土地の青年の、しかも二人までが、見ているところ先生はよほど漬物がお好きの様である、どうかこれをお持ち下さいといってかなりの箱と樽とを差出した。真実嬉しくて厚く礼をいい、幾度かの汽車の乗換にも極めて丁寧に取り扱って自宅まで持ち帰った。そして大自慢で家族たちに勧めたところが、皆、変な顔をしている。そんな筈はないと自分にも口にしてみて驚いた。ただ驚くべき辛味が感ぜらるるのみで、ツイ先日まで味わっていた風味はなかなかに出て来ないのである。やがて私は独りで苦笑した、津軽にいた時には他の食物に比してこれがうまかったが、サテ他のものの味が出て来るともうこの漬物の権威はなくなっているのであったのだ。

酒であるが、因果と私はこれと離るる事が出来ず、既に中毒性の病気みたいになっているのでほとんどもうその質のよしあしなどを言う資格はなくなっていると言っていい、朝まず一本か二本のそれが済まなくてはどうしても飯に手がつけられない。昼の弁当を註文する前に一本のそれを用意する事を忘れない。夕方はなおのことである。

それも独りの時はまだいい。久し振りの友人などと落合って飲むとなるとほとんど常に度を過して折角の旅の心持を壊す事が屢々である。恨めしい事に思いながら、なおそれを改め得ないでいる。いい年をしながら、といつも恥しく思うのであるが、いつかは自ずとやめねばならぬ時が来るであろう。

旅は独りがいい。何もそう言った酒の上のことに限らず、なにかにつけて独りがいい。深い山などにかかった時の案内者をすら厭う気持で私は孤独の旅を好む。

つくづく寂しく、苦しく、厭わしく思う時がある。何の因果でこんなところまでてくてく出懸けて来たのだろう、とわれながら恨めしく思わるる時がある。それでいてやはり旅は忘れられない。やめられない。これも一つの病気かも知れない。

私の最も旅を思う時季は紅葉がそろそろ散り出す頃である。私は元来紅葉というものをさほどに好まない。けれど、それがそろそろ散りそめたころの山や谷の姿は実にいい。谷間あたりに僅かに紅（くれない）を残して、次第に峰にかけて枯木の姿のあらわになっている眺めなど、私の最も好むものである。路にいっぱいに真新しい落葉が散り敷いてその匂いすら日ざしの中に立っている。その間から濃紫（こむらさき）の竜胆（りんどう）の花が一もと二もと咲いているなどもよくこの頃の心持を語っている。

木枯の過ぎたあと、空は恐しいまでに澄み渡って、渓にはいちめんに落葉が流れている、あれもいい。ホ、もうこの辺にはこれが来たのか、と思いながら踏む山路の雪、これも尊い心地のせらるるものである。枯野のなかを行きながら遠く望む高嶺の雪、これも拝みたい気持である。

落葉の頃に行き会って、これはいい処だと思われた処にはまた必ずの様に若葉の頃に行きたくなる。

これは一つは樹木を愛する私の性癖からかも知れない。

事実、世の中に樹木というものが無くなったならば、というのが仰山（ぎょうさん）すぎるならば、もしそこらの山や谷に森とか林とかいうものが無くなったならば、恐らく私は旅に出るのをやめるであろう。それもいわゆる植林せられたものには味がない、自然に生（は）えたままのとりどりの樹の立ち並んだ姿がありがたい。

理窟ではない、森が断ゆれば自ずと水が涸（か）るるであろう。

水の無い自然、想うだにも耐え難いことだ。

水はまったく自然の間に流るる血管である。

これあって初めて自然が活きて来る。山に野に魂が動いて来る。

想え、水の無い自然の如何ばかり露骨にして荒涼たるものであるかを。ともすれば荒っぽくなろうとする自然を、水は常に柔かくし美しくして居るのである。立ち並んだ山から山の峰の一つに立って、遠く眼にも見えず麓を縫うて流れている渓川の音を聞く時に、初めて眼前に立ち聳えて居る巍々(ぎぎ)たる諸山岳に対して言う様なき親しさを覚ゆることは誰しもが経験している事であろうとおもう。私の、谷や川のみなかみを尋ねて歩く癖も、一にこの水を愛する心から出ているのである。

今度の旅では千曲川のみなかみを極めて、荒川の上流に出たのであった。その分水嶺をなす様な位置に在る十文字峠というのは上下七里の難道であったが、七里の間すべて神代ながらの老樹の森の中をゆくのである。その大きな官有林に前後何年間かにわたって行われた盗伐事件が発覚して、長野埼玉両県下からの裁判官警察官林務官という様な人たちがその深い山の中に入り込んでいた。そしてそれらの人たちのために二度宿屋を追われたのであった。

千曲川の上流長さ数里にわたった寒村を川上(かわかみ)村といった。

ずっと以前利根川の上流を尋ねて行った時、水上村というのに泊ったことがある。

村の名にもなかなかしゃれたののあるのに出会う。上州の奥、同じく利根の上流をなす深い渓間の村に小雨村というのがあった。恐しい様な懸崖の下に、家の数二十軒ばかりが一握りにかたまっている村であった。その次の村、これはそれよりも一二里奥の同じ渓に臨んだ小雨村よりももっと寂しい京塚村というのであった。この村をば私は対岸の山の上から見て過ぎたのであったが、崖の中腹に作られた七八軒の家が悉くがっしりした構えでしかも他に見る様にきたなっぽくなく、いかにも上品な古びた村に眺められたのであった。どうしたのか、折々この村をば夢に見ることがある。

荒川の上流と言ったが、二つの渓が落合って本流のもとをなすのである。その一つの中津川というものの水上に中津川という部落があるそうだ。昔徳川幕府の時代、久しい間この部落の存在は世に知られていなかった。よくある話の様に、折々その渓奥から椀の古びたのなどが流れてくる。箭の折れたのも流れて来た。もしや大阪の残党でも隠れているのではないかと土地の代官か何かが大勢を引率してその上流を探して行った。果して思いもかけぬ山の蔭に四五十人の人が住んでいた。それというのでその四五十人を何とかいう蔓で何とかいう木にくくしつけてしまった。そしてよく聞いてみると大阪ではなくずっと旧く鎌倉の落人であることが解った。村人はその時の事を恨み、この後この里にその何とか蔓と何の木とはゆめにも生ゆること勿れと念じ、いまだにその木と蔓とはその里に根を絶っているという。

伝説は平凡だが、私は十文字峠の尾根づたいのかすかな道を歩きながら七重八重の山の奥の奥にまだまだそうした村の在るということに少なからぬ興味を感じた。落葉しはてたその方角の遥かの渓間には折から朗かな秋の夕日がさしていた。その一個所を指ざして、ソラ、あそこにちょっぴり青いものが見ゆるだろう、あれが中津川の人たちの作っている大根畑だ、と言いながら信州路から連れて来た私の老案内者はその大きなきたない歯茎をあらわして笑った。

焼岳を越えて飛驒の国へ降りついたところに中尾村という村があった。十四五軒の家がばらばらに立っているという風な村であったが、その中の三四軒で、男とも女ともつかぬ風態をした人たちが大きな竈に火を焚いてせっせと稗を蒸していた。

越後境に近い山の中に在る法師温泉というへ、上州の沼田町から八九里の道を歩いて登って行ったことがある。もう日暮時で、人里たえた山腹の道を寒さに慄えながら急いでいると不意に道上で人の呟(しわぶ)く声を聞いた。非常に驚いて振仰ぐと、畑ともつかぬ畑で頻りと何やら真青な葉を摘んでいる。よく見ればそれは煙草の葉であった。

下野(しもづけ)に近い片品川の上流に沿うた高原を歩いた時、その辺の桑の木は普通の様に年々その根から刈り取ることをせず、育つがままに育たせた老木として置いてある事を知った。だから桑の畑といっても実は桑の林といった観があった。その桑の根がたの土をならしてすべて大豆が作ってあった。すっかり葉の落ちつくした桑の老木の、多い幹も枝も空洞になっている様なのの連った下にかがんでぼつぼつと枯れた大豆を引いている人の姿は、何とも言えぬ寂しい形に眺められた。

今度通った念場が原野辺山が原から千曲の谷秩父の谷、すべて大根引(だいこんびき)のさかりであった。枯れつくした落葉松林の中を飽きはてながら歩いていると、不意に真青なものの生えている原に出る。見れば大根だ。馬が居り、人が居る。或る日立寄った茶店の老婆たちの話し合っているのを聞けば今年は百貫目十円の相場で、誰は何百貫売ったそうだ、どこそこの馬はえらく痩せたが喰わせるものを惜しむからだ、という様なことであった。永い冬ごもりに人馬とも全くこの大根ばかり喰べているらしい。

都会のことは知らない、土に噛り着いて生きている様なこうした田舎で、食うために人間の働いている姿は、時々私をして涙を覚えしめずにはおかぬことがある。

草鞋の話が飛んだ所へ来た。これでやめる。

島三題

その一

伊予の今治（いまばり）から尾の道がよいの小さな汽船に乗って、一時間ほども来たかとおもう頃、船は岩城島（いわきじま）という小さな島に寄った。港ともいうべき船着場も島相応の小さなものであったが、それでも帆前船の三艘か五艘、その中に休んでいた。そして艀（はしけ）から上った石垣の上にも多少の人だかりがあった。ちょっと重い柳行李を持てあましながら、近くの人に、

「M――という家はどちらでしょう。」

と訊くと、その人の答えないうちに、

「M――さんに行くのですか。」

と他の一人が訊き返した。同じ船から上げられた郵便局行の行嚢(こうのう)を取りあげようとしている配達夫らしい中年の男であった。

「そうです。」

と答えると、彼は黙って片手に行嚢を提げ、やがて片手に私の柳行李を持ち上げて先に立った。惶(あわ)てながら私はそのあとに従った。

二三町も急ぎ足にその男について行くと彼は岩城島郵便局と看板のかかっているとある一軒の家に寄って私を顧みながら、

「ここです。」

と言った。

そこのまだ年若い局長であるM――君は夙(と)うから我等の結社に加入して歌を作った。その頃一年あまり私は父の病気のために東京から郷里日向(ひゅうが)の方に帰っていた。そのうち父がなくなり、六月の末であったか、私は何だか寂しい鬱陶しい気持を抱きながら上京の途についたのであった。そしてその途中、かねてその様に手紙など貰っていたので、九州から四国に渡り、そこから汽船に乗ってこのM――君の住む島に渡って行ったのである。手紙の往復は重ねていたが、まだ逢った事もなく、どんな職業の人であるかも知らなかった。

M——君はたいへん喜んで、急がないならどうぞゆっくり遊んでゆく様に、と勧めてくれた。身体も気持もひどく疲れていた時なので、言葉に甘えて私は暫くそこに滞在する事にした。M——君はその本宅と道路を中にさし向った別荘の雨戸をあけて、

「こちらが静かですから……」

自由に起臥する様にと深切に気をつけてくれた。

M——家は島の豪家らしく、別荘などなかなか立派なものであった。私の居間ときめられた離宅は海の中に突き出た様な位置に建てられ、三方が海に面していた。肱掛窓に凭って眺めると、ツイその正面に一つの島が見えた。その島はかなり嶮しい勾配を持った一つの山から出来ていて、海浜にも人家らしいものはなかった。山には黒々と青葉が茂っていた。その島の蔭から延いて更に二つ三つと遠い島が眺められた。遠くなるだけ夏霞が濃くかかっていた。手近の尖った島と自分の島との間の瀬戸をば日に一度か二度、眼に立つ速さで潮流が西に行きまた東に流れた。汐に乗る船逆らう船の姿など、私には珍しかった。

一方縁側からは自分の島の岬になった様な一角が仰がれた。麓からかけて随分

の高みまで段々畑が作られて、どの畑にも麦が黄いろく熟れ、滞在しているうちにいつかあらわに刈られて行った。

その頃私は或る私立大学を卒業して五六年もたっているにかかわらず、まだ職業らしい職業を持っていなかった。「金にもならぬ和歌ばかり作っていて一体お前はこの若山家をどうする気か」といって、先頃まで帰っていた郷里の家で、病父の枕許で、年とった母や親戚たちから私は責められた。苦しい中から学資を貢がせられ、漸(ようや)く卒業したと思うに五年たっても六年たっても金の一円送って貰えない彼等の身になってみるとその苦情も当然であった。ただ父だけはその性分からか、さまでに気にかけず「もう少し待ってみろ、そのうちに何かするだろう」とむしろ彼等を慰めていた。その父が死んでみるといよいよ私の立場は苦しくなった。これから東京に出て新聞社などに勤めた所で幾らの送金が出来るわけでもなし、いっそこのまま母の側にいて小学校なり村役場なりに出て暮らそうかとまで考えて、その口を探したがなまじいに何々卒業の肩書のあるのが邪魔になって都合よく行かなかった。いよいよ弱ったはてにまた母や姉から若干の旅費を貰って、ともかく東京へ出てみようという途中に、この瀬戸内海の中の小さな島に立ち寄ったのであった。

凭り馴れた肱掛窓に凭ってかけ出しの様になっている窓下を見るともなく見ていると、ちょうど干潟になったそこに何やら蠢くものがある。よく見ると、飯蛸だ。一つ、二つ、やがては五つも六つも眼に入って来た。それを眺めながら、私は懶く或る事を考えていた。父危篤の電報に呼び返さるる数日前に私は結婚していた。一軒の家でなく、僅か一室の間借をして暮していたので、私の郷里滞在が長引くらしいのを見ると、妻も東京を引きあげて郷里の信州に帰っていた。そしてそこで我等の長男を産んでいた。私が今度東京に出るとなると、早速彼等を呼び寄せなくてはならぬ。要るものは金である。その金の事を考えているうちに見つけたのが飯蛸であった。そして可愛ゆげに彼等の遊び戯れているのに見入りながら、ふと一つの方法を考えた。一年あまりの郷里滞在中は初めから終りまで私にとっては居づらい苦しい事ばかりであった。どうかしてそれを紛らすために、いつか私は夢中になって歌を作っていた。その歌が随分になっている筈だ。それを一つ取り纏めて一冊の本にして多少の金を作りましょう、と。

括ったまま別荘の玄関にころがしてあった柳行李を解いて、私はその底から二三冊のノートを取り出した。そしてM——君から原稿紙を貰って、いそいそと机に向った。左の肱が直ぐ窓に掛けられる様に、そして左からと正面からと光線の射し込む位置に重々しい唐木の机は置かれたのである。

が予想はみじめに裏切られた。それ以前『死か藝術か』という歌集に収められた頃から私の歌は一種の変移期に入りつつあったのであるが、一度国に帰ってそうした異常な四周の裡（うち）に置かるる様になると、坂から落つる石の様な加速度で新しい傾向に走って行った。中に詠み入れる内容も変って来たが、第一自分自身の調子どころか二千年来歌の常道として通って来た五七五七七の調子をも押し破って歌い出したのであった。何の気なしに、原稿紙を拡げて、順々にただ写しとろうとすると、その異様な歌が、いっぱいノートに満ちていたのである。実は、郷里を離れると同時に、時間こそは僅かであったが、やれやれといった気持ですっかりそこのこと歌のことを忘れてしまっていたのであった。そしていま全く別な要求からノートを開いてみて、そこに盛られた詩歌の異様な姿にわれながら肝をつぶしたのである。

そこにはこうした種類の歌が書きつらねてあった。

納戸の隅に折から一挺の大鎌ありなんぢが意志をまぐるなといふが如くに

新たにまた生るべしわれとわが身に斯くいふ時涙ながれき

あるがままを考へなほして見むとする心と絶対に新しくせむとする心と

ともし斯くもするはみな同じやめよさらばわれの斯くして在るは
いづれ同じ事なり太陽の光線がさつさとわが眼孔(がんこう)を抜け通れかし
感覚も思索も一度切れてはまたつなぐべからず繋ぐべくもあらず
日を浴びつつ夜をおもふは心痛し新しき不可思議に触るるごとくに
言葉に信実あれわがいのちの沈黙よりしたたり落つる言葉に
さうだあんまり自分の事ばかり考へてゐたあたりは洞穴(ほらあな)の様に暗い
自分の心をほんたうに自分のものにする為にたび〳〵来て机に向ふけれど
自分をたづぬるために穴を掘りあなばかりが若し残つたら
何処(いづこ)より来れるやわがいのちを信ぜむと努むる心その心さへ捉へ難し
眼をひらかむとしてまたおもふわが生(よ)の日光のさびしさよ
死人の指の動くごとくわが貧しきいのちを追求せむとする心よ

という様なのがあるかと思えば、また、

ふと触るればしとどに揺れて影を作る紅ゐの薔薇よ冬の夜のばらよ
開かむとする薔薇散らむとするばら冬の夜の枝のなやましさよ
静かにいま薔薇の花びらに来ていこへるうすきいのちに夜(よる)の光れり
傲慢なる河瀬の音よ呼吸(いき)烈しき灯(ひ)の前のわれよ血の如き薔薇よ

悲しみと共に歩めかし薔薇悲しみの靴の音をみだすなかればらよ
吸ふ息の吐く息のわれの静けさに薔薇の紅ゐも病めるがごとし
むなしきいのちに映りつつ真黒き珠の如く冬薔薇の花の輝きてあり
われ素足に青き枝葉(えだは)の薔薇を踏まむ悲しきものを滅ぼさむため
薔薇に見入るひとみいのちの痛きに触るる瞳冬の日の午後の憂鬱
古びし心臓を捨つるが如くひややかに冬ばらの紅ゐに瞳向へり
愛する薔薇をむしばむ虫を眺めてあり貧しきわが感情を刺さるる如くに
灯を消すとてそと息を吹けば薔薇の散りぬ悲しき寝醒の漸く眠りを思ふ時に
この冬の夜に愛すべきもの薔薇ありつめたき紅ゐの郵便切手あり
やや深き溜息をつけば机の上真青のばらの葉が動く冬の夜
ラムプを手に狭き入口を開けば先づ薔薇の見えぬ深き闇の部屋に
余り身近に薔薇のあるに驚きぬ机にしがみつきて読書してゐしが
忘れものばかりしてゐる様なおちつきのない男の机の冬の薔薇
昼は昼で夜は一層ばらが冷たい様だ何しろおちつかぬ自分の心
と思ふまにばらがはら／＼と散つた朝久しぶりに凭つた暗い机に
じいつとばらに見入る心じいつと自分に親しまうとする心

斯うしてじいつと夜のばらを見てゐる時も心はばらの様に静かでない
ばらが水を吸ひやめたやうだガラスの小さな壜の冬の夜のばらが

かと思うと、或る海岸の荒磯に遊んでは、

あはれ悲しいで衣服をぬがばやと思ふ海は青き魚の如くうねり光れり
とかくして登りつきたる山のごとき巨岩のうへのわれに海青し
岩角よりのぞくかなしき海の隅にあはれ舟人ちさき帆をあぐ
嬉し嬉し海が曇るこれから漸くわたしのからだにもあぶらが出る
身体は一枚の眼となりぬ青くかがやける海ひらたき太陽
岩のあひだを這ひて歩くはだしで笑ひて浪とわれと
鵜が一羽不意にとびたちぬ岩かげの藍色の浪のふくらみより
下駄をぬいでおいたところへ来たこれからまた市街へ帰るのだ
この帆にも日光の明暗ありかなしや青き海のうへに
水平線が鋸の歯のごとく見ゆ太陽のしたなる浪のいたましさよ
少女よその蜜柑を摘むことなかれかなしき葉の蔭の
精力を浪費する勿れはぐくめよと涙して思ふ夜の浪に濡れし窓辺に
悲しき月出づるなりけり限りなく闇なれとねがふ海のうへの夜に

という風の歌を作っているのであった。

ツイ、僅かばかり前に一生懸命して自分で作っておきながら、いま改めて見直すとなってほとんど正体なく驚いたのである。どうしてあんなに驚いたのか今考えればわれながら可笑しいが、とにかくに驚いた。ほんの数日ではあったが、郷里を離れてそうした島の特別にも静かな場所に身を置いたため、前と後とで急に深い距離が心の中に出来ていたのかも知れぬ。

驚愕はいつか恐怖に変った。何だか恐しくて、とても平気でそんな歌を清書してゆく勇気がなくなってしまった。といって、心の底にはそうして作っていた当時の或る自信がやはり何処(いずこ)にか根を張っていた。そしてその自信は書かせようとする、故のない恐怖は書かせまいとする、その縺(もつ)れが甚(はなは)だしく私の心を弱らせた。二日三日とノートと睨(にら)み合いをしているうちに終(つい)に私は食事の量が減り始めた。気をまぎらすためにM——君から借りて読んだ万葉集の、読み馴れた歌から歌を一首二首と音読しようとして声が咽喉につかえて出ず、強いて読みあげようとするとそれは怪しい嗚咽(おえつ)の声となった。万葉の歌を真実形(かたち)に出して手を合せて拝んだのはこの時だけであった。

終(つい)に友人が心配しだした。そして、では私が代って清書してあげましょうと言いながら、次から次と書きとって行った。それをばただ茫然と私は見ていた。そうなってからは日ならずして二三冊のノートの歌が一綴の原稿紙の上にきれいに写しとられてしまった。

折角久し振におちついていた私の心はその清書にかかろうとした時から再びまた烈しい動揺焦燥の裡（うち）にあった。そして友人の手によって清書が出来上るや否や、それを行李に収め、あたふたと私はその静かな島を辞した。

ちょうど十年ほど前にあたる。いまこの島の数日を考えていると、そこの友人の家の庭にあった柏の木の若葉、窓の下の飯蛸、または島から島にかけて啼き渡っていた杜鵑（ほととぎす）の声など、なおありありと心の中に思い出されて来る。

その二

いま一度、私は瀬戸内海の島に渡って行ったことがある、備前の宇野港から数里の沖合に在る直島というのへ。

夏の初、ややもう時季は過ぎていたがそれでもまだ附近の内海では盛んに名物の鯛がとれていた。その鯛網見物にと、岡山の友人I――君から誘われて二人して出懸けたのであった。直島附近は最もよく鯛漁のあるところといわれているのだそうだ。

　附近に並んでいる幾つかの島と同じく、直島も小さな島であった。名を忘れたが、島の主都に当る某村に郷社があり、そこの神官M――氏をI――君は知っていた。そして網の周旋を頼むためにこんもりと樹木の茂った神社の下の古びた邸にM――氏を訪ねて行った。

　M――氏は矮軀赭顔、髪の半白な、元気のいい老人であった。そして私は同氏によってその島が崇徳上皇配流の旧蹟で、附近の島のうちでも最も古くから開けていた事、現にM――家自身既に十何代とかここに神官を続けて来ている事等を聞いた。内海の中に所狭く押し並んでいる島々のうちにも、旧い島新しい島の区別のあることが私には興深く感ぜられた。

「では、参りましょう。網は琴弾の浜という所で曳くのですが、途中を少し廻って上皇の故蹟を見ながら参りましょう。」

「でも、たいへんではありませんか。」

「いいえなに、島中くるりと廻っても半日とはかかりませんからな、ハハハ。」

　私も笑った。その小さな島にそうした歴史の残っていることがまた面白く感ぜられた。多分、船着場や潮流のよしあしなどの関係から出ていることであろうとも思った。

邸の前から漁師の家の間を五六十間も歩くと直ぐ山にかかった。とろとろ登りの坂ではあったが早くも汗が浸み出た。晴れてはいても、空には雲が多かった。

「あそこに見えますのが……」

杖をとって先に立っていた老人は立ち止った。まばらに小松が生え、下草には低い雑木が青葉をつけ、そしてところどころそれらが禿げて地肌の赤いのを露(あら)わしている様な山腹を登っていた時であった。老人にさし示されたところは我等より右手寄りの谷間に当ってそこばかり年老いた松が十本あまり立ち籠っていた。

「上皇のお側に仕えていた上臈(じょうろう)がおあとを慕うて島へ渡って参り、程なく身重になった。で、身二つになるまであそこの谷間に庵を結んで籠っていたといい伝えられている処です。」

むんむと蒸す日光の照りつけたその松林にははげしい蟬時雨が起っていた。

「そうして生みおとされたお子さまなどは、どういうことになったのでしょう。」

「さア、どうなられましたか……、まだほかに上皇の姫君も父君のおあとを慕って参られましたが、どうしたわけか御一緒においでずに、こことは別な谷間に上臈と同じく庵を結んで居られたと申します。」

　程なくその島の背に当っている峠を越した。そして少し下った処に崇徳上皇を祭ったお宮があった。あたりは広い松林で、疎ならず密ならず、見るからに明るい気持がした。お宮もまた小さくはあったががっしりした造りで、庭も社殿も清らかな松の落葉で掩われていた。ことにいいのはそこの遠望であった。眼下の小さな入江、入江の澄んだ潮の色、みないかにも綺麗で、やや離れた沖の島の数々、更に遠く眺めらるる四国路の高い山脈、すべてが明るく美しく、それこそ絵の様な景色であった。

　そこから二三丁下ったところに所謂行宮の跡があった。そこも前の上臈の庵のあとと同じく小さな谷間、といっても水もなにもない極めて小さな山襞の一つに当っていた。松がまばらに立ち並び、雑木が混っていた。平地といっても、ほんの手で掬うほどの広さでM――氏に言わるるままに注意して見るとその平地が小さく三段に区分されているのが眼についた。それぞれの段の高さおよそ三四尺ずつで、茂った草を掻き分けて見ると僅かにそこに石垣か何かの跡らしいものが見分けられた。段々になった一番下の所に警護の武士の詰所があり、二番目がまずお附の人の居た場所、一番上の狭い所が恐らく上皇御自身の御座所ででもあったろう、というM――老人の解釈であった。とすると、御座所の御部屋の広さは僅かに現今の四畳半敷にも足りない程度のものであったに相違ないのである。そして、一番下の警護の者の詰所から十間ほどの下には、黒い岩が露われて波がかすかに寄せていた。あたりを見廻しても嶮しい山の傾斜のみで、ここのほかには一軒の家すら建てらるべき平地が見当らない。同じ島のうちでも、全然家とか村とかいうものから引離された、こうした所を選んで御座所を作ったものと想像せらるるのであった。こういう窮屈な寂しい所に永年流されておいでになって、やがてまた四国へ移され、そこで上皇はおかくれになったのだったという。

そこから路もない磯づたいを歩いて入江に沿うた一つの村に出た。玉積の浦というた。そこを右に切れて田圃を抜けるとまた一つ弓なりに彎曲した穏かな入江があり、広々とした白砂の浜を際どって一列の大きな松の並木が並び、松の蔭に四五軒の漁師小屋があった。そこが名にふさわしい琴弾(ことひき)の浜というのであった。

ちょうど、昼前の網を曳きあげたところであったが、一疋の鯛もかかっていなかった。次の網は午後の三四時の頃だという。途方に暮れて暫らく松の蔭に坐っていたが、やがてM――老人は急に立ち上って漁師共の寄っている小屋へ出かけて行った。そしてにこにこと笑いながら帰って来た。

「ええことがある、今に仰山な鯛を見せてあげますぞ。」

老人からこっそりとわけを聞いて I ――君も踊り上って喜んだ。そして時計を出して見ながら、

「早う来んかのう。」

などと幾度となく繰返して私の顔と沖の方とをかたみがわりに眺めて笑っていた。その間に老人は一人の漁師を走らせて酒や酢醤油をとり寄せた。

程なく右手に突き出た岬のはなの沖合に何やら大きな旗をたてた一艘の発動機船の姿が見えた。

「来た来た。」

そう叫びながら漁師たちは惶(あわ)てて小舟を浜からおろした。解(わけ)のわからぬまま私も促されてそれに乗った。二人は漕ぎ、一人はせっせと赤い小旗を振っていた。入江の中ほどに来ると、その発動機船は徐(おもむ)ろに停った。我等の小舟はそれを待ち受けていて、漕ぎ寄するや否や一斉に向うに乗り移った。私もまた同様にそうさせられた。そして、引っ張られてとある場所にゆき、勢いよくさし示された所を見て思わず声をあげた。

この大型の発動機船の船底はそのまま一つの生簀(いけす)になっていた。そしてそこに

集めも集めたり、無数の鯛が折り重なって泳いでいるのである。I――君は機船の人に問うた。

「なんぼほど居ります。」

「左様千二三百も居りますやろ。」

おお、その千二三百の大鯛が、中には多少弱っているのもあったが、多くはまだいきいきとして美しい尾鰭を動かして泳いでいるのである。

その中から二疋を我等はわけて貰うた。小舟の漁師たちと機船の人たちとの間に何やら高笑いが起っていたが、やがて漁師たちは幾度も頭をさげて小舟へ移った。機船は直ぐ笛を鳴らして走り出した。聞けば彼女はこの瀬戸内の網場々々を廻って鯛を買い集め、生きながら船底に囲うて大阪へ向けて走るのだそうである。

浜の松の蔭では忽ちに賑やかな酒もりが開かれた。うしおに、煮附に、刺身に、塩焼に、二疋の鯛は手速くも料理されたのである。

いつか夕方の網までその酒は続いた。そしてたべ酔うた漁師達の網にどうしたしゃれ者か、三疋の鯛がかかって来た。よれつもつれつ、我等三人は一疋ずつその鯛を背負うて、島の背をなす山の尾根づたいの路を二里ばかりも歩いた。歩いているうちに月が出た。折しも十五夜の満月であった。峠から見る右の海左の海、どこの海にも影を引いて数多の島が浮んでいた。かくて今朝早朝に発動船で着いた船着場とは違った今一つの港に着いて、そこから一艘の小舟を雇い、漕ぎに漕がせて宇野港へ帰りついたのは夜もよほど更けていた。可哀相に、そこまで送って来てくれたM――老人はそこからまた島まで一人で帰るのであった。昼間の酒をほどほどに切り上げて午後の定期の発動船に間に合う様に老人の村まで帰って居ったらばこうした苦労はせずとも済んだであったのに。

その三

船子(かこ)よ船子よ疾風(はやち)のなかに帆を張ると死ぬがごとくに叫ぶ船子等よ
大うねり傾きにつつ落つる時わが舟も魚とななめなりけり
次のうねりはわれの帆よりも高々とそびえて黒くうねり寄るなり
はたはたと濡帆はためき大つぶのしぶきとび来て向かむすべなし
やとさけぶ船子(かこ)の声にしおどろけばうなづら黒み風来るなり
舳なるちひさき一帆裂くるばかり風をはらみて浪を縫ふなり
色赤くあらはれやがて浪に消ゆる沖辺の岩を見て走るなり

かくれたるあらはれにたる赤岩に生物の如く浪むらがれり
友が守る灯台はあはれわだなかの真はだかの岩に白く立ち居り
むら立てる赤き岩々とびこえて走せ寄る友に先づ胸せまる
あはれ淋しく顔もなりしか先つ日の友にあらぬはもとよりなれども
別れゐし永き時間も見ゆるごとくさびしく友の顔に見入りぬ
たづさへしわがおくりもの色燃えしダリヤの花はまだ枯れずあり
ダリヤの花につぎて船子等がとりいだす重きは酒ぞ友よこぼすな
歩みかねわが下駄ぬげばいそいそと友は草履をわれに履かする
友よ先づわれの言葉のすくなきをとがむな心なにかさびしきに
相逢ひて言葉すくなき友だちの二人ならびて登る断崖(きりぎし)
石づくり角なる部屋にただひとつ窓あり友と妻とすまへる
その窓にわがたづさへし花を活け客をよろこぶその若き妻
語らむにあまり久しく別れゐし我等なりけり先づ酒酌まむ
友酔はずわれまた酔はずいとまなくさかづきかはし心をあたたむ
石室(いはむろ)のちひさき窓にあまり濃く昼のあを空うつりたるかな
これらの歌は今から七八年前、伊豆下田港の沖合に在る神子(みこ)元島(もとじま)の灯台に灯台守をしている旧友を訪ねて行った時に詠んだものである。

神子元島は島とはいうものの、あの附近の海に散在している岩礁の中の大きなものであった。赤錆びた一つの岩塊が鋭く浪の中から起って立っているにすぎなかった。島には一握の土とてもなく、草も木も生えてはいなかった。そこの一番の高みに白い石造の灯台が聳え、灯台より一寸下ったところに、岩を刳り抜いた様にして灯台守の住宅が同じく石造で出来ていた。暴風雨の折など、ともすると海の大きなうねりがその島全体を呑むことがあるので、その怒濤の中に沈んでも壊れぬ様にと、ただ頑丈一方に出来ていた。謂わば一つの岩窟であるその住宅は、中が四間か五間かにくぎられていた。階級は一等灯台で、灯台守の定員は四人とかいうのであったが私の行った時には一人欠員のままであった。台長というのはもういい年輩で、夫婦にちいさい子供が二人いた。私の友人はその少し前に郷里で細君を貰ってそこへ連れて行っていた。そしてそのほかに二十六七歳の独身の人が一人いた。

その友人を知ったのはそれよりも六七年前、私が早稲田大学の予科生の時であった。当時私は読み耽っていた『透谷全集』を教室にまで持ち込んで、授業中にも机の下に忍ばせて読んでいた。或る時偶然同じ机に隣り合って坐ったのがその友人で、彼もまた同書の愛読者であった。それが緒で折々往来する様になったが、別に親しいという程ではなかった。そのうち半年もたつと急に彼の姿が教室から見えなくなった。一年たち二年たちする間に、同級生であった彼の同郷人から聞くとなく彼の噂をとびとびに聞いていた。彼は佐賀県の或る金満家の息子で、急に学校が厭になると郷里に帰って、以後一切関係を断つ約束のもとに家から数万円の金を分けて貰い、肥前の平戸沖あたりの小さな島を全部買い切って一人してそこへ移り牛や鶏を放し飼にして楽しんでいた。それもほんの暫くでいやになり、二束三文で全てを売り払った金で大尽遊びを続け、金が尽きると或る炭鉱の鉱夫になった。それも僅の間で、親類たちに多少の金をねだって米国へ渡り、昨今はあちらで缶詰工場の職工をしているそうだ、という様なことを。が、それも学校にいる間の事で、学校を出ると同時に彼の同郷人の級友ともすっかり別れてしまったので、その後の噂を聞くたよりもなかった。

学校を出て一年あまりもたった頃、私は或る新聞の記者となっていた。そこへ突然見すぼらしい風をして訪ねて来たのが彼であった。いきなり私の前へ五六円の金を投げ出して言った。

「僕は今度、亜米利加から船中で団扇(うちわ)で客を煽(あお)ぐ商売をやって来た。これはその金の残りだ。これで一杯飲もうよ。」

それから幾日か私の下宿にころがっていたが、多少絵の心得のある所から自分からたずね歩いて或るペンキ屋に入り込み、キャタツを担いで看板絵をかいて歩いていた。それもほんの数日で、或る日またふらりとやって来た。

「いまペンキ屋の親爺（おやじ）を殴って飛出して来たよ。」

程経て市内電車の運転手になった。これは割合に永く続いたが、何かの事で首になった。その後、彼に似気（にげ）なく入学試験というものを受けて入学したのが横浜に在る航路標的所何とかいう、つまり灯台守の学校であった。六ヶ月間の学期を無事に終えて、初めて任命されて勤めたのが、この神子元島（みこもとじま）灯台であった。そしてかれこれ一年あまりもたったであろうか、漸く自分も従来の放浪生活の非をしみじみ覚って、今後真面目にこの灯台守の静かな朝夕の裡に一生を終えようと思う様になった、そう決心すると同時に郷里に帰って妻をも貰って来た、この心境の一転を見るために一度この島に遊びに来ないか、という風の手紙を二三度も私の所によこしていたのであった。

彼ほど徹底してはいなかったが、私もまた彼のいう放浪生活の徒の一人であった。学校を出て、一箇所二箇所と新聞社にも出てみたが、どこでも半年とはよう勤めなかった。転じて雑誌記者となったが、これも三四ヶ月でやめてしまった。自分等の流派の歌の雑誌を自分の手で出してみたが、初めは面白くやっていても直ぐ飽きが来た。そうこうしているうちにいつか自分もひとの夫となり親となっていた。そうしてその日の米塩すら充分でない様な朝夕をずっと数年来続けて来ていたのである。そういう場合だったので、今まではそういう島があるという事すら知らなかったこの島からの友人のたよりは、割合深く私の心にしみたのであった。そして、終にそこに出かける気になった。

秋のダリヤの盛りの頃であった。一本の木草すら無いというその島には恰好の土産であろうと私はそれを沢山買って行った。まず霊岸島から汽船で下田まで行き、そこで彼も吾も好物の酒を買って第二の手土産とした。下田から一週間おきに灯台通いの船が出ることになっており、その船で水から米、その他灯台守たちの必需品を運ぶのであった。前に友人からよく様子を知らして来てあったので、都合よくそれに便船する事が出来た。下田を出ると、船は忽ち烈しい波浪の中に入った。どこでも岬のはなの浪は荒いものであるが、そこの伊豆半島のとっぱなは別してもひどかった。それは単に岬だけの端というでなく、そこには無数の岩礁が海の中に散らばっていた。形を露わしたものもあり、僅かにそこだけに渦巻く浪によって隠れた岩のあるのを知る所もあった。それらの岩から岩の間にかもされた波浪は、みごとでもあり凄くもあった。船には大勢の船頭が乗り込んでいた。

多分今日の船で来るであろうと、友人は朝から双眼鏡を持って岩の頭に立っていたのだそうだ。船の島に着いたのは午前十時頃であった。そして、つれられてその岩窟内の彼の居間に通って、二年振ほどで彼と対座したのであった。彼の妻とは初対面であった。まだ年も若く、何も知らない田舎の娘といった風の人であった。

気のせいかいかにも従来の彼としてはおちつきが出来ていた。おちついたというより、急に老けて見えた。それにそうした変った場所のせいか、私自身が浪や船に労れていた為か、それとも初対面の細君が側にいる故か、久し振に逢ったにしては今までの様に間が調子よく行かなかった。彼もそれを感じていたらしく、大きな声でまず酒を出す様にとその妻に言いつけた。

年若い妻は案の如く大輪のダリヤの花を見て驚喜した。そして珍客の接待よりもまずその花をあり合わせの器に活けて、その部屋にただ一つしかないガラス窓の所に持って行って据えた。窓のツイ向うには刳（えぐ）り取った岩の断層面がうす赤く見えていた。そしてその岩の上僅か一尺ばかりの広さに空が見えた。何という深い色であったことだろう。今でもそれを思い出すごとに私にはその空の色が眼に見えて来る。照り澄んだ秋の真昼であったとはいえ、まことに不思議なくらいの藍色がそこに見られた。そして、この深い藍の色は一層私の心を、沈んだ、浮き立たぬものにした様に感ぜられた。その色の前にあるダリヤの花はすべてみな褪せさらぼうたものにさえ眺められた。

直ぐ始まった酒は一時間二時間と続いて行った。が、最初にそれ始めた私の心の調子はどうしても平常の賑かな晴々しい所に帰って行かなかった。友人とてもまたそうであった。そしてどうかしてその変調子を取り除こうと努めているのがよく解った。

そこへ、積荷を上げ、昼食をとり、一休みした船頭たちの一人が顔を出して友人に言った。

「ではもう船を出しますが、別にお忘れの御用はございませんか。」

それを聞くと私は咄嗟に決心した。

「K――君、では僕もこの船で帰ろう、ただ顔を合せればそれで気が済むと思うから……」

そう言いながら、居ずまいを直そうとした。不意に彼は立ち上った。これは、と思う間もなく彼の烈しい拳が私の頭に来た。惶てて身をかわす間に二つ三つと飛んで来た。呆気（あっけ）にとられた船頭は漸く飛びかかって彼を背後から抑えた。隣室からは台長夫妻が飛んで来た。

「何だと、……帰る、ひとを散々待たしておいて、来たかと思うと帰るとは何だ。帰れ、帰れ、直ぐ帰れ、この馬鹿野郎……」

彼はなお立ったまま私を睨み据えて、息を切らしている。とうとう私は平あやまりにあやまって改めてこの次の船まで、その島に滞在することにきめてしまった。

灯台は島で一番の高い所に立っていた。灯台の高さ十六丈、その根から直ぐ断崖になって二十丈ほどの下には浪が寄せていた。で、灯台の最高部、灯火の点る灯室から真下を見下す事は私の様な神経質の者には到底出来なかった。ただそこからの遠望はよかった。伊豆半島が案外の近さに眺められた。半島の中心をなす天城山（あまぎさん）が濃く黒く、どっしりとして眼前に据っていた。半島から島までは例の白渦の流れている狭い海、それを除いた三方にはすべて果しもない大きな荒海があった。晴れた日には黒潮の流が見えた。見えたというより感ぜられた。動くともなく押し移っている大きな潮流が、その方面を眺めているうちにしみじみとして身に感ぜられて来た。伊豆七島のうち二三の島がその潮流のうえにくっきりと浮んで見えた。ちょうど西風の吹き始めた季節で、黒ずんで見ゆるその濃藍色の大きな瀬の上にあまねくこまかな小波の立ち渡っているのが美しくも寂しかった。夜は、灯台の火を眼がけていろんな鳥が飛んで来た。そして灯台の厚いガラス板に嘴を打ちつけては下に落ちた。朝、灯台の下に行ってみると幾つかのそれを拾う事が出来た。海鳥が多かったが、中には伊豆の天城から飛んで来るらしい山の鳥も混っていた。

灯室の床はその四壁と同じく厚いガラス張となって居り、その下に宿直室があった。ガラス張を天井とするこの宿直室は、一尺四方ほどの小さな窓を二つほど持ってはいたが明りは主としてその天井から来た。一脚の卓子と椅子とが、灯台の形なりの狭い円型のその室内にあり、円いなりの石の壁には小さな六角時計がかけてあった。海上三十余丈の上の空中にぽつっと置かれたこの部屋の静けさは、また格別であった。私はこっそりと螺旋形の真暗な階子段を登って来てはこの不思議な形をした小さな部屋の椅子に凭る事を喜んだ。よく当る風にしろ、よほど強く吹いていない限りは四尺厚さの石の壁を通してその薄暗い室内には聞えて来なかった。

その空中の宿直室に居なければ私は多く事務室にいた。それは灯台守たちの住宅の岩窟の一角に、他の部屋よりはやや広目に作ってあった。壁には日本地図世界地図、万国国旗表、という様なものが張ってあり、その一方の戸棚には僅かの書物や書類と共に、幾品かの薬品が入れてあった。この寂び古びた罎や箱の薬品が私には常に気になった。凪いで居ればこそ一週間ごとに船が来るが、荒れたとなれば十日もその上も一切他と交通のきかぬこの離れ島に住んで居る幾人かの生命をば僅かにこの幾品かの薬品が守っているのである。大きなテーブルの一部の埃を払って凭りかかりながら、おなじく埃でよごれている大きな地図を見、棚の中の薬罎を眺め、または窓から見ゆる蒼空を仰いで、静かな様な、そして何となく落ちつかぬ時間を私はその部屋で過ごした。

でなければ、釣であった。よほどの鋭い角度で海底から突っ立っているらしいこの岩礁の四周の磯は到る所が深かった。浪さえなければ、餌をおろせば大小さまざまの魚がすぐ釣れた。餌はそこらの岩の間に棲んでいる蟹であった。

或る日、私は独りでとある岩の角に坐って釣っていた。そこへ友人がやって来た。何か用ありげに私の側に腰をおろしていたが、やがて、

「若山君……」

と呼びかけて、

「どうだね、一つ、君も東京あたりにいつまでもぐずぐずしていないで、いっそ

諦めてこの灯台守にならんかね。」

と言い出した。彼自身これまでに通って来た境遇の繁雑なのに飽いて、どこかこう目をつぶって暮せる様な静かな境地はないものかと考えて、他にもかくして航路標的所の試験を受けた、そして実地ここに来てみると前から空想していた静かな生活という事よりもまず身にしみたのは暮らしむきの安全ということであった、今まで自分も随分といろんな事をやって来たが、要するに頭には故郷があった、親や親類の財産があった、いよいよそれから見離されたとなると、自ずと考えらるるのはその日その日の生活である、それもはっきりと具体的に考えていたのではなかったが、ここに来てみていよいよそうであったことが解った、それにまたどうしても自分の歳や健康のことも考えられて来る、それにはこの灯台守くらい安全な生活法はないのだ、月給にした所が他に比べては非常にいい、早い話が君が四五年かかって大学を出てから新聞社に勤めた月給より僕が六ヶ月の学期を終えてここに勤めてのそれの方が多いではないか、また、貰った月給はほとんど貰ったなりに残ってゆくのだ、見給えここでこうしている分には自分等の食う米味噌代のほかには金の使いようがないではないか、ここに限らない、灯台の在る所は大抵似たり寄ったりの場所ばかりなのだ、現にここの台長なども幾個所か勤めて歩いて来たのだがその間に溜めた金といったら素晴らしいものだ、今では伊豆の方に沢山な地所も買ってあり家をも建てて、そこから長男長女を中学校女学校に出している、君もいつまでも歌だの文学だのと言って喰うや喰わずにいるよりか、一つ方角を変えてこの道に入らないか、入ったあとでまた歌なり何なり充分に勉強出来るではないか、見給え、僕等は四人詰でここにこうしているが、職業に就いて費す時間といったら朝の灯台の掃除と夕方の点火と二三行の日記を書く事と、全部でまず毎日三四十分の時間があったらいいのだ、あとは何をしていようと自分の勝手ではないか、いろいろ慾を考えずにそうきめた方が幸福だと思うよ、と私の顔を見い見いいつもの荒っぽい調子に似合わず、ひそひそとして説き勧めてくれるのであった。そして、私の身体に目をつけながら、

「それに第一、遠方から来るというのにそんな小ぎたない風態をして来る奴があるものか、君の細君も細君だ、僕は最初の日、羽織袴で出迎えてくれた台長の手前、ほんとに顔から火が出たよ、そこへもって来ていきなり帰るなんか言い出すもんだからあんな騒ぎになったのだよ。」

と言って苦笑した。

私もいつか竿をあげて聴いていた。島に来てから見るともなく、そこの彼等の

生活がいかに簡易で、静かであるかを見ていながら、多少それを羨む気持が動いていたところなので、一層友人のこの勧告が身にしみた。同じく苦笑しながら、

「ウム、難有(ありがと)う、まア考えておこう。」

と言ってその日は済んだ。が、それからというもの、例の空中の宿直室に在っても岩かげの事務室にいても、釣糸を垂れながらも、私の心はひどくおちつきを失っていた。灯台守になるならぬの考えが始終身体につき纏うていたのである。なっての後、いかにそこにより善く生活してゆくか、本を買う、読書をする、遠慮なく眼を瞑(と)じて考えかつ作る、そうした楽しい空想もまた幾度となく心の中に来て宿った。

が、何としても今までのすべてと別れてそこに籠る事は、寂しかった。よしそれを一時の回避期準備期として考えても、とてもその寂しさに耐え得られそうになかった。その寂しさに耐うるくらいならそこに何の生活の安定があろうとさえ思われた。そして、或る日、見るともなく事務室の薬品棚の中にある古錆びた薬品を見詰めながら、私は独りで笑い出した。そして自分に言った、こうしたものに預けておくには自分の身体にはまだまだ少々膏(あぶら)が多過ぎる、と。

そう思いきめると、急に東京が恋しくなった。そこにいる妻や友人たちが恋し

くなった。そして予定の日が来ると、私は曾かつて私の来る時に友人がしたという様に、朝早くから双眼鏡を取って岩の頭に立ちながら、向うの方に表われて来るであろう船の姿を探した。

いよいよ船に乗り移ろうとする時、何となく私はこれきりでこの友人とももう逢う機会があるまいという様な気がした。そして、固くその手を握りながら、

「どうだ、台長に願ってこれから一緒に下田まで行かんか、あそこで一杯飲んで別れようじゃないか。」

と言った。一年も続けて土を踏まずにいると脚気の様な病気に罹りがちなので、折々交替に二三週間ずつ陸地の方へ行って来るという話を思い出してそう言った。

「フフッ」

と彼は笑った。

「まアよそう、行くなら東京へたずねて行こうよ、君もまたやって来てくれ、今度はもう殴らんよ、ハハハハ」

「ハハハ」

自分も笑った。送って来てくれた灯台中の人も、船頭たちも、みな声を合せて笑った。

木槿の花

　この沼津に移って来て、いつの間にか足掛五年の月日がたっている。姉娘の方が始終病気がちであったのが移転する気になった直接原因の一つ、一つは自分自身東京の繁雑な生活に耐えられなくなって、どうかして逃げ出そうとしていたのが自然そうなったのでもあった。自分は山地を望んだが、子供の病気には海岸がいいというわけで、そしていっそ離れるなら少なくも箱根を越した遠くがいいというので、何の縁故もないこの沼津を選んだのであった。

　何の縁故もないとはいうものの、自分等の立てている歌の結社にこの沼津から一人の青年が加入していたのをおもい出して、まず彼に手紙を出し、とりあえず一軒の借家を見付けて貰う様に頼んだ。程なく返事が来て、心当りの家があるから一度見に来る様にとの事であった。今から五年前の八月十日頃であったと記憶する。早速出かけて来てみると、分に過ぎた大きな邸であった。荒れ古びてこそおれ、桜の木に囲まれて七百坪からの広さがあった。もう少し小さい家はないかと訊き合せたが、随分と探したけれど、町内ならとにかく郊外に当っているこの界隈には今のところここだけだという。それに家賃も格安だったし、ひとまずここにきめておこうと、その青年父子に——青年のお父さんというは年老いた医師であった——厚く礼を述べ、一晩ゆっくりして行ったらいいだろうと勧めらるるのをも断って、その日の汽車で私は東京へ帰った。そしてその旨妻に報告すると共に、翌日から荷造りにかかった。

家の下見に行った時、その家は本当の空家ではなかった。まだ人が住んでいた。何でも或る粘土からアルミニュームを採る方法を発明したと称えて一つの会社を起そうとしている男であった。型のごとき山師で、そこに六七箇月住んでいる間に町の酒屋呉服屋料理屋等にすべて数百円からの借金を拵え、とうとう居たたまらなくなって私の行った一月ほど前に何処かへ逐電してしまったところであった。そしてその留守宅にはその男の年老いた両親が残っていた。父親は白い髯など垂らした、品のいい老爺であつた。私が前に言った青年やその父の老医師や、東京の或る実業家の持家であるその家を預って差配をしている年寄の百姓たちと邸の中に入って行った時、老爺は庭で草とりをしていた。各部屋を見て廻って、ここが湯殿ですと離室(はなれ)に続いた一室の戸を引きあけると、そこで髪を洗っていたのが母親であった。私は見まじきものを見た様な、厭わしい痛わしい気がした。その時、私達を案内していた差配の百姓、この男ももう相当の爺さんで、小柄の、見るからに険しい顔をした男であったが、庭でせっせと草を抜いている老爺を呼びかけて、故(ことさ)らに大きな声で、こうしてお客様を案内して来たから、気の毒だけれど早速この家をあけて貰いたい、もうこうなると今度こそは待ってあげるわけにゆかぬから、と宣告した。髯の白い老爺は立ち上ってずっと我等を見廻しながら、丁寧にお辞儀をした。

「どうも始末にいかねエんですよ、毎日々々追立(たちの)を喰わしてるんですけど、どうしても動かねエんでね、……しかし今度は立退くでしょうよ、こうして旦那がたをお連れ申したんだから。」

差配は狡猾らしい笑いを漏らしながら我等を顧みてこう言った。

「だって行く先が無くちゃ困るでしょうに。」

私は言った。

「なアに、息子とはちゃアんと打合せが出来てるでしょうよ、どっちもどっちで、煮ても焼いても食える奴等じゃアねエんですから。」

家賃は僅か一ヶ月分を払ったのみで、その上うまく担がれて、多少現金をもその男から捲きあげられている話をひどい早口で差配は話して聞せた。

家族を連れて沼津駅に降りたのはその月の十五日であった。その夜一晩、町はずれの狩野川に沿うた宿屋に泊り、翌朝起きてみるとこまかい雨が降っていた。二階から見下す下の通りをば番傘をさした近在の百姓女たちが葱や茄子の野菜の籠を担いで通っていたが、それら真新しい野菜も雨に濡れていた。そして窓から少し顔を出して見ると、今度借りた家のうしろに位置している香貫山という小松ばかりの円っこい岡が同じく微雨の中に眺められた。

「何だかたいへん静かな生活に入ってゆける様な気がしてならないが、お前はどうだ。」

早急な引越騒ぎに労れ果てたらしい顔をしている妻を顧みて私が言うと、

「ほんとですね、どうかそうしたいものですね。」

と、微かにさびしく笑いながら答えた。そこへ例の差配をしている百姓がやって来た。ひとわたりの挨拶(あいさつ)を済まして帰って行ったあと、妻は声をひそめて、

「何だかいやな顔した爺さんではありませんか。」

　とささやいた。

　三日五日とかかって荷物の片付が終ると、夫婦ともにその前後の疲労から半病人の様になってしまった。そして多くの日を寝たり起きたりで過してしまった。喜んだのは子供たちで、急に広くなった家の内、庭のあちこちを三人して夢中になって飛んで廻った。

　そうこうしているうちに、秋が来た。邸の前は水田、背後は畑であったが、田のもの畑のもの、みなとりどりに秋の姿に移って来た。私たちの疲労も幾らかずつ薄らいで、漸く瞳を定めて物を見得る様なおちつきが心の中に出来て来た。第一に気付いたのは来客の無くなった事であった。東京にいては一日少なくも一人か二人、多い日には十人からの来訪者を送迎せねばならなかったのにここに来て以来、一週間も十日も家人以外の誰もの顔を見ずに済ますことが出来た。自ずと時間が生れて、するともなく庭の隅の土を起して草花の種を蒔いたり、やさしい野菜物を作ったりする様になった。

「これはいい、やっぱりここに越して来てよかった、どれだけこの方が仕合せか知れない。」

と心から思う様になった。娘の健康も眼に見えてよくなって来た。それに毎日の自分の為事の上からいってもおちついて机に向う事が出来るし、我等の為事に附きものである郵便の都合もたいへんによかった。東京といっても私のそれまで住んでいたは郊外の巣鴨であったが、そこと市内との往来に要する郵便の時間よりも、東京と沼津との間に要する時間の方がむしろ速い程であった。

そうした有様で、一二年の予定が延びていつの間にかここに足掛五年の永滞在となってしまった。こうなると改めて東京へ帰ってゆくのが億劫になった。いっそこのままこの沼津に住んでしまおうではないか、などと夫婦して話す様になった。しかし、その五年間を押し通して最初に考えた通りの幸福な時間が送られたわけでは決してなかった。半年一年とたつうちに自ずと東京にいた時と同じ様な環境が自分の身体のめぐりに出来て来た。東京にいた時とは違った交際がまたここでも始められた。東京では広くはあったが多く書生づきあいの簡単なものであった。それが土地の狭いこの沼津となると、なまじいに世間的になっている自分の名前のために、一種形式的な窮屈ないわゆる社会的交際をせねばならぬ場合が多くなって来た。自分の最も恐れていた飲友達も、いつ出来るともなく出来て来た。かくて初めに願っていた隠栖という生活とは違った朝夕がいつともなしに送らるる様になっていたのだ。それでもまだまだ東京よりましだと信じていた。イヤ現にそう信じているのではある。

初めに老医師の世話で借りた家は、戸じまりも充分に出来兼ぬるほど荒れ古びた家で、しかも間取も甚だ拙く、うまく使える部屋とても無かったが、とにかく部屋の数は九つあった。書生や女中や家族たちをそれぞれに配置して、まだ来客に備うる一室くらいはどうやら残っていた。家の古いこと、町から遠くて不便なこと（これも最初はそうでなかったのだが、生活の間口が広くなるにつれて次第に不便を感じて来た。）家の前後から襲うて来る田畑の肥料の臭気、その他あれこれのことをば我慢しても、出来ることならこのままここにじいっと暮して行こうと思っていたのであったが、そう出来ぬ事情になった。

表面の理由は他にあったが、要するに差配の爺さんの我欲と狡猾とに我等は追われたのであった。なお詮じてゆくと、そこにはその爺さんと私の妻との感情問題も遠い因をなしていた。第一印象としての彼女の彼に対する不快は年ごとに深くなって、事ごとに眼に見えぬ衝突が両人の間に行われていたのであった。

今年四月末、二ヶ月もかかった中国九州地方の長旅行から帰って来てみると、四囲の事情は私の留守の間に急変していて、どうでも差迫った時間内にその家をあけ渡さねばならなくなっていた。喧嘩腰になってかかればそう周章える必要もなかったのだが、それはこちらの気持が許さなかった。喧嘩どころか、もうそうなると一刻も速くこちらから逃げ出したい気がいっぱいになっているのであった。で、苦笑しながら私は早速に空家さがしを始めた。東京へ引揚ぐるのはもともといやだし、他の土地へ移るというも億劫だし、やはり沼津を――私が越して来ているうちに沼津町から沼津市に変っていた――中心として恰好な空家は無いかと探し始めた。自身はもとより、手の及ぶ限り知人たちにも頼んであちこちと探した。

さて、無かった。極く小さな家ならばぼつぼつと眼についたが、泊り客の多いこと、また毎月出している自分達の歌の流派の機関雑誌の事務室の必要なこと等から、どうでも六つの部屋を持った家でなくては都合が悪く、その見当で探すとなると、一向に見あたらなかった。たまたまあったとすると、それは避暑避寒地としての貸別荘向に建てられた家で、家賃が大概月百円を越していた。

とうとうこの家探しの騒ぎのために夫婦とも頭を痛くしてしまった。その間、私はおちついて机に向う余裕を失って、為事の方もすっかり支えてしまった。そこへ、頼んでおいた或る友人からこういう家があるがどうかと言って来た。いま現に建築中のもので間数は玄関女中部屋を入れて五室、場所は市内千本浜の松原の蔭だという。餓えては食を選ばず、私は少なからず喜んだ。ではそれで我慢するとして雑誌発行の事務室だけをばまた他に間借りでもする事にしようと、早速その示された場所へ出懸けてみた。松原の蔭はよかったが、ツイ背後に私立の女学校があり、僅かの田圃を距(へだ)てた真前に遊廓があった。ほんの手狭な空地を利用して建てられたもので、庭らしい庭もなく兼々自分の望んでいた様な静かな、他とかけ離れた様な場所では決してなかった。が、今更そんな贅沢(ぜいたく)は言って居られなかった。早速私は家主と逢って、借りる約束をきめた。それは六月の始めで、今月一杯には出来上るとの事であった。

　やがて六月の末が来たが、家にはまだ壁も出来なかった。七月十五日まで待ってくれという。止むなく待つ事にした。そこへ運悪くも二番目の娘が病みついた。二三日ぶらぶらしていて、いよいよ寝込んだのが七月の朔日(ついたち)か二日であった。初め二三日、症状がはっきりせず、ともすると腸チブスではないかなどという熱の工合であった。が、程なく肋膜炎だと解った。しかも、起らねばいいがと恐れられていた肺炎をも併発した。夫婦は昼夜つき切りにその枕頭に坐らねばならなくなった。

一方差配の爺さんからはそんなことに頓着なく、家のあけ渡しを迫って来た。病児の看護のひまを盗み盗み私は新しい家の出来上りの催促に通わねばならなかった。十五日は過ぎ、二十日は過ぎ、とうとう七月は暮れてしまったが、まだなにかと手間取って、その松原の蔭の小さな可愛らしい家には一人二人と大工や左官たちが呑気（のんき）そうに出入りしているのみであった。

壁くらいは引越してから塗らしてはどうです、というような乱暴を例の差配の爺さんは言い出した。よくよく腹に据えかねたが、要するに喧嘩にもならなかった。そして改めて新しい家の方をせきたてて、この八月の九日の朝、いよいよ引越す事にきめた。業腹（ごうはら）ながら爺さんの言葉通りに、荒壁の上塗だけは越してから塗ることにして、九日暁荷物を運び込む故、畳だけは必ず敷いておいてくれ、と固くも頼んで、看護の片手間にこそこそと荷造りにかかった。医者は子供を気遣うて、もともと絶対安静を要する病気なのだから出来得る限り、動かす事を延ばさぬかと言うてくれたが、どうもそうして居られない状態にあった。

九日早暁、手伝いの人と共にまず二台だけの荷馬車を新しい家の方へ差立てた。そしてそれの引返して来る間に私は俥で近所の挨拶廻りに出た。引返して来た荷馬車屋は、行ってみた所まだ一枚の畳も敷いてなく、荷物の置場所に困ったがとりあえず庭先に置いて来たという。まだ帰さずにおいた俥に乗り、私は新しい家に駆けつけて、せめて病人を寝せる部屋だけでいいから早速畳を入れてくれる様にと頼んでまた旧い方の家に引返し、やがて階下の六畳と八畳とに畳が入ったという報告を聞いて後、妻と共に病児の俥につき添うて、五年間住んで来た古びた大きな邸の門を出た。

こうして苦労して入った今度の家は、六畳の茶の間八畳の座敷に、中二階の様になった西洋まがいの六畳の部屋があり、他に玄関女中部屋湯殿が附いていて、いかにも小ぢんまりした、新婚の夫婦などには持って来いの家である。が、九人家内の我等には相応すべくもない。越して来て今日でちょうど十日目だが、まだ荷物も片付かず、新しい家に落ち着いたという喜びも安心も更に心の中に生れて来ていない。

ただ難有(ありがた)いのは、ツイ裏手に千本松原のある事と、自分の書斎にあてている中二階から幾つかの山を望み得る事とである。書斎は東と北とに窓があいている。東の窓からは近く香貫(かぬき)徳倉(とくら)の小山が見え、やや遠く箱根の円々しい草山から足柄(あしがら)の尖った峰が望まるる。北の窓からは愛鷹山(あしたかやま)を前に置いた富士山が仰がるる。が、それらの山よりも松原よりも、この頃最も私の眼を惹(ひ)いているのは、その松原に入ろうとする手前に、ちょうど松原に沿うた形で水田と畑とを限った様にして続いている畔に長々と植えられた木槿の木である。

むらさき色の鮮かな花といえばいかにも艶々しく派手に聞ゆるが、不思議とこの木槿の花に限ってそうでない。そうでないばかりかその反対に、見れば見るほど静かな寂しさを宿して咲いている花である。この花の咲き出す頃になると思い出される例の芭蕉の句の、

道ばたの木槿は馬に喰はれけり

は如何にもよくこの花の寂しさを詠んでいるが、なおそれでも言い足りないほどに今年などはこの花に対して微妙な複雑な心持を感じたのであった。この芭蕉の句も彼が旅行の途次、富士川のあたりを過ぎつつ馬上で吟じたものであるというが、この花は不思議にまた我等に「旅」の思いをそそる。この花を見るごとに、秋を感じ、旅をおもう。何物にともなく始終追われ続けている様な、おちつかぬ心を持った私にとっては殊更にもこの花がなつかしいのかも知れぬともおもう。

夏を愛する言葉

夏と旅とがよく結び付けられて称（とな）えらるる様になったが、私は夏の旅は嫌いである。山の上とか高原とか湖辺海岸という所にずっと住み着いて暑い間を送るのならばいいが、普通の旅行では、あの混雑する汽車と宿屋とのことをおもうと、おもうだに汗が流るる。

夏は浴衣一枚で部屋に籠るが一番いい様である。静座、仰臥、とりどりにいい。ただ専ら静かなるを旨とする。食が減り、体重も減る様になると、自ずと瞳が冴えて来る様で、うれしい。

夏深しいよいよ痩せてわが好む面（つら）にしわれの近づけよかし

十年ほど前に詠んだ歌だが、今でも私は夏は干乾びた様に痩せることを好んで居る。それも、手足ひとつ動かさないで自然に痩せてゆく様な痩せかたである。耳に聴かず、口に言わず、止むなくばただ静かにあたりを見ているうちにいつ知らず痩せていてほしい。

夏の真昼の静けさは冬の真夜中の静けさと似ている。おなじく身動きひとつ出来ない様な静けさを感ずることがあるが、しかも冬と違って不気味（ぶきみ）な静けさではない、ものなつかしい静けさである。明るい静けさである。

　　北南あけはなたれしわが離室（はなれ）にひとり籠れば木草（きぐさ）見ゆなり
　　青みゆく庭の木草にまなこ置きてひたに静かにこもれよと思ふ
　　めぐらせる大生垣の槙（まき）の葉の伸び清らけし籠りゐて見れば
　　こもりゐの家の庭べに咲く花はおほかた紅（あか）し梅雨あがるころを

しいんとした日の光を眼に耳に感じながら静かに居るということは、従って無（む）

為を愛することになる。一心に働けば暑さを知らぬといふが、完全に無為の境に入って居れば、また暑さを忘るるかも知れぬ。ところが、凡人なかなかそう行かない。

怠けゐてくるしき時は門に立ちあふぎわびしむ富士の高嶺を
なまけつつこころ苦しきわが肌の汗吹きからす夏の日の風
門口を出で入る人の足音にこころ冷えつつなまけこもれり
心憂く部屋にこもれば夏の日のひかりわびしく軒にかぎろふ
なまけをるわが耳底にしみとほり鳴く蟬は見ゆ軒ちかき松に
無理強ひに仕事いそげば門さきの田に鳴く蛙みだれたるかも
蚤のゐて脛をさしさす居ぐるしさ日の暮れぬまともの書きをれば

ほとんど夏の間だけの用として、私はほんの原稿紙を置くに足るだけの広さの小さなテーブルを作った。そこここと持ち歩いて、読書し、執筆するのである。部屋のまんなかに置くこともあれば、廊下の窓にぴったりと添うて据えることもある。庭の木蔭にも持ち出せば、家中で風が一番よく通るので風呂場の中に持ち込むこともある。いまはちょうど廊下の窓に置いてある。椅子に凭りながら、片手を延ばせばむっちりと茂った楓の枝のさきに届く。葉蔭に咲き満ちている可愛らしいその花が、昨日今日ほのかに紅みを帯びて来た。

私のいま住んでいる附近には弁慶蟹が非常に多い。赤みがかかった、小さな蟹である。庭の木にも登れば、部屋の中にも上がって来る。ツイ二三日前、何の気なしに縁側のスリッパを履こうとするとその爪先に這入り込んでいて大いに驚いた。今年三歳になる男の子のよき遊び友だちである。

これが庭の柘榴の木に、どうかすると三四匹も相次いで這い登っていることがある。苔の生えかけた古木の幹だけに、たいへんにその形が面白い。真紅な花の散り敷く梅雨の頃が最もいい。

草花いじりも夏の一得であろう。気を換えるに非常にいい。筆の進まぬ時気持の重い時、ひょいと庭の畑に出て、草をむしり、水を遣る。言わず聴かずの暫しの時間を過ごすべく、私にはいまこれが一番である。花もよく、四五株の野菜を植うるも愛らしい。

眼に見えて肥料(こやし)ききゆく夏の日の園の草花咲きそめにけり
あさゆふに咲きつぐ園の草花を朝見ゆふべ見こころ飽かなく
いま咲くは色香深かる草花のいのちみじかきなつぐさの花
泡雪(あわゆき)の真白く咲きて茎につく鳳仙花の花の葉ごもりぞよき
朝夕につちかふ土の黒み来て鳳仙花のはな散りそめにけり
しこ草のしげりがちなる庭さきの野菜ばたけに夏虫の鳴く
葱苗のいまだかぼそくうすあをき庭のはたけは書斎より見ゆ
いちはやく秋風の音(ね)をやどすぞと長き葉めでて蜀黍(もろこし)は植う
その広葉夏の朝明(あさけ)によきものと三畝(みうね)がほどは芋も植ゑたり
もろこしの長き垂葉にいづくより来しとしもなき蛙宿れり
紫蘇(しそ)蓼(たで)のたぐひは黒き猫の子のひたひがほどの地(つち)に植ゑたり
青紫蘇のいまださかりをいつしかに冷やし豆腐にわが飽きにけり

みじか夜のあわれさも私の好きな一つである。春の夜、秋の夜、冬の夜、どこかすべてあくどいが、夏にはそれがない。香のけむりの立ち昇るにも似たはかなさがある。
ことに私はその明けがたを愛する。眼が覚むれば枕もとの窓がほのかに明るい。時計を見れば四時まだ前、あるいは少し過ぎている。立って窓を開くと、かろやかに風が流れて、蚊がひそかに明るみへまってゆく。

夜ふかくもの書き居れば庭さきに鳴く夏虫の声のしたしさ
みじか夜のいつしか更けて此処ひとつあけたる窓に風の寄るなり
夜為事(よしごと)のあとの机に置きて酌ぐウヰスキイのコプに蚊を入るなかれ
このペンをはや置きぬべし蜩(ひぐらし)の鳴き出でていま暁といふに
降(お)りたてば庭の小草のつゆけきにかへる子のとぶ夏のしののめ
みじか夜の明けやらぬ闇にかがまりてものの苗植うる人の影見ゆ
あかつきをいまだ点れる電灯の灯影はうつる庭のダリヤに
朝静(あさしづ)のつゆけき道に蟇(ひき)出でてあそびてぞをる日の出でぬとに
旗雲のながれたなびきあさぞらの藍のふかきに燕啼くなり
まひおりて雀あゆめる朝じめり道のかたへのつゆ草のはな

一首蜩（ひぐらし）の歌を引いたが、ありとも見えぬこの小さな虫の鳴き澄む声はまったく夏のあわれさ清らかさをかき含んだものである。ゆうぐれよりも朝がいい。地はしめり、草は垂れ、木々の葉ずえに露の宿った暁に聞くがもっともいい。

蜩が夏のあわれであるならば、その寂しさをうたうものは何であろう。あそこにも、ここにもその寂しさをひきしめてうたっているものがいる。曰く郭公である。筒鳥（つつどり）である。呼子鳥（よぶこどり）である。仏法僧（ぶっぽうそう）である。郭公は朝に、筒鳥は昼に、呼子鳥はゆうぐれに、仏法僧は夜に。

みな夏に限って啼く鳥である。山も動け、川も動け、山も眠れ、川も眠れと啼き澄ますこれらの鳥のはげしい寂しい啼声を聴く時は、自ずとこの天地のたましいがかすかにそこに動いている神々しさを感ずるのである。

鶯も浮き、雲雀も浮き、鈴虫も松虫もみな浮いているが、ひとりこれらの鳥の声だけは天地の深みに限りも知らず沈んでいる。

土用なかばに秋風ぞ吹く、という言葉がある。恐らく誰いうとなく言いすてたものであろうが、この言葉は私には何ともいえぬ寂寥味を帯びて響いて来る。

土用芽といって、春一度芽の萌えた樹木に、再び芽の萌え出すことがある。夏も更けて、その葉もほとんどもう黒みを含んで来たころに、うす鈍い黄色をふいて萌え出るこの土用芽はまことに見る目寂しいものである。温度などから言えばまさに暑いまさかりで、多くの人はただもう汗にまみれて瞼を厚くしているころである。

そのころにどことはなしに忍びやかにつめたい風が吹いているのである。眼に見えぬ秋のおとずれである。風の音にぞ驚かれぬる、の誇張より、土用なかばに秋風ぞ吹くの正直な俚言がそのころどれだけ私には身にひびいて聞えて来るであろう。

秋づきしもののけはひにひとのいふ土用なかばの風は吹くなり

うす青みさしわたりたる土用明けの日ざしは深し窓下の草に

園の花つぎつぎに秋に咲き移るこのごろの日の静けかりけり

畑なかの小路を行くとゆくりなく見つつかなしき天の河かも

うるほふとおもへる衣（きぬ）の裾かけてほこりはあがる月夜の路に

野末なる三島の町のあげ花火月夜のそらに散りて消ゆなり

四辺(あたり)の山より富士を仰ぐ記

駿河(するが)なる沼津より見れば富士が嶺の前に垣なせる愛鷹(あしたか)の山

東海道線御殿場駅から五六里に亙る裾野を走り下って三島駅に出る。そして海に近い平地を沼津から原駅へと走る間、汽車の右手の空におおらかにこの愛鷹山が仰がるる。謂(い)わば蒲鉾形(かまぼこがた)の、他奇(たき)ない山であるが、その峰の真上に富士山が窺(のぞ)いている。

いま私の借りて住んでいる家からはまず真正面に愛鷹山が見え、その上に富士が仰がるる。富士というと或る人々からは如何にも月並な、安瀬戸物か団扇(うちわ)の絵にしかふさわない山の様に言われないでもないが、この沼津に移住して以来、毎日仰いで見ていると、なかなかそう簡単に言いのけられない複雑な微妙さをこの山の持っているのを感ぜずにはいられなくなっている。雲や日光やまたは朝夕四季の影響が実に微妙にこの単純な山の姿に表われて、刻々と移り変る表情の豊かさは、見ていて次第にこの山に対する親しさを増してゆくのだ。

一体に流行を忌む心は、もう日本アルプスもいやだし、富士登山もただ苦笑にしか値しなかった。与謝野寛さんだかが歌った「富士が嶺はをみなも登り水無月の氷の上に尿垂るてふ」という感がしてならなかった。それで今まで頑固にもこの名山に登ることをしなかったが、こちらに来てこの山に親しんでみると、そうばかりも言えなくなり、この夏は是非二三の友人を誘って登ってゆきたい希望を抱くに到っている。

閑話休題、朝晩に見る愛鷹を越えての富士の山の眺めは、これは一つ愛鷹のてっぺんに登ってそこから富士に対して立ったならばどんなにか壮観であろうという空想を生むに至った。ところがその頃私の宅にいた土地生れの女中は切にこの思い立ちを危ぶんで、愛鷹には魔物がいると昔から言いなされて、土地の者すらまだ誰一人登ったという話を聞かぬ、何も好んでそんな山へ登るにも当るまいと頻りに留めるのだ。妻は無論女中の賛成者であった。それこれで暫くその愛鷹登りが滞っていたが、次第に秋が更けて、相重なった二つの山の輪郭がいよいよ鮮かになり、ことにその前の山の中腹以上にある森の紅葉がはっきりと我等の里から見える様になると、もうとても我慢が出来なくなり、細君たちの安心を請うために私は自宅の書生を伴れて、或る晴れた日にその頂上をさして家を出た。

最初私の眼分量できめた予定は宅を朝の六七時に出て十一時には頂上に着く、そして一二時間をそこで休んで帰りかける、帰りみちにはあたりの松山で初茸でも取って来ようという様なことであった。ところが登りかけて見て少なからず驚いた。行けども行けども同じ様な傾斜の裾野路が続いて、頂上に着くはずの十一時にはまだ山らしい坂にもかかる事が出来ずにいた。

愛鷹山は謂わば富士の裾野の一部ににょっきりと隆起した瘤（こぶ）の様なもので、山の六七合目から上は急峻な山岳の形をなしているが、それより下は一帯の富士の裾野と同じく極めてなだらかな、そして極めて細かな襞（ひだ）の多い、軽い傾斜の野原となっているのである。で、こちらから望んだだけでは地図の示す通りの海抜四千四五百尺の普通の山であるが、サテ実際に登りかけて見ると今言った通り、こちらからはちょっと見に解らないだらしのない野原をいつまでもいつまでも歩いてゆかねばならなかったのだ。

幸に麦蒔時で、その広大な裾野にそちこちと百姓が麓の里から登って麦を蒔いていた。それでなくては到底どこがどこだか路などの解る野原ではないのであった。百姓達はみんな我等二人の言うのを聞いて一笑に付し去った。今からなどとてもとても峠まで行けるものではない、それよりも今から路を少し右にとって、山の中腹にある水神さまにでも参ったがよいであろう、そこへならまだ行って帰る時間もあろうし、もし、遅くなればそこの堂守に頼んで泊めても貰えると言うのだ。そう言われると落胆もし癪にもさわった。残念そうに私が返事もせずに山のいただきを望んで立っているのを見た彼等の中の一人の若者は――彼等はちょうど昼飯を喰っていた――笑い笑い立ち上って来てその山の方を指ざしながら、それならこうしたらどうだ、ソレあの山の八合目にかけた森の中に土龍の形に似た枯草の野があるだろう、あれはこの麓の村から牛馬の飼料を刈りにゆく草場で、その形からこの辺ではムグラットと呼んでいる、今はもう草刈時でもないが兎に角あそこまでは細い道がついている、あそこまで登って、そしてまア頂上まで行ったつもりになってそこから降りて来るのだ、あれから先は路もないし、とても深い森でなかなか登れるわけのものでない、ムグラットまで行ったにしても帰りは夜に入るが、兎に角麓の村まで出て来ればまたどうとでもなるだろう、と言うのだ。

両人（ふたり）は顔を見合せたが、それでも水神様にゆくよりその方が多少心を慰められる気がしたので、若者に礼を言い捨てて急いでその森の中の枯草の野へ向けて足を速めた。それからは両人とも急に真剣にならざるを得なかった。腹も空いたが大事をとってムグラットまでは弁当を開かぬ事とし、もう今までの無駄口も自ずと消えてただひたすらに急いだ。間もなく流石（さすが）に長かっただらだら登りも尽きて山らしい坂になった。畑もなくなり、人影も見えなくなった。ともすれば見失いがちの小径は水の涸れた谷をあちこちと横切って多く笹の原の中を登って行った。そして程なく鬱蒼たる森林地に入り込んだ。

裾野の広いのに驚いたと同じく、この中腹からかけての森の大きく美しいのもまた私を驚かした。

沼津あたりから見るのでは、中腹以上が一帯にうす黒く見渡されてそこが森をなしていることだけはよく解るが、ただ普通の灌木林か乃至（ないし）は薪炭を作る雑木林くらいにしか考えられなかった。いま眼の前に見るその森の木は灌木どころかすべて一抱え二抱えの大木で、多くは落葉樹、そしてもうその紅葉は半ばすぎていた。しかも眼の及ぶ限りその落葉しかけた大木が並び連なって寂然（じゃくねん）とした森をなしているのである。少し樹木の開けた所から見れば、峰から谷へ、谷から峰へ、峰から峰へ、すべて山の窪み高みを埋めつくして鬱然と押し拡がっているのであった。

樹木好きの、森好きの私はそれを見るに及んで、一時沈み切っていた元気を急に恢復した。昨今頻りに散り溜りつつある真新しい落葉をざくざくと踏みながら、ほんとに檻から出た兎の様な面白さで、這いながら走りながらその深い深い森の中の木がくれ径を登って行った。考えてみればそこの森は御料林の一つで、今時珍しい木深さなども故あることであったのだ。

大君の御料の森は愛鷹（あしたか）の百重（ももへ）なす襞（ひだ）にかけてしげれり
大君の持たせるからに神代なす繁れる森を愛鷹は持つ
この山のなだれに居りて見はるかす幾重の尾根は濃き森をなせり
蜘蛛手なす老木の枝はくろがねのいぶれるなして落葉せるかも
時すぎて今はすくなき奥山の木の間の紅葉かがやけるかな

ひとしきりその森を登ってゆくと間もなくそのムグラットに出た。これも遠目と違ってなかなか大きな草原であった。荒々しく枯れ靡いている草を押し分けて——もうその草原に来ると路は絶えていた——その一番高い所まで登ってゆくと、そこに両人ともがっくり倒れてしまった。

たのしみたのしみ手をつけずに持って来た二合壜の口を開いて喇叭飲を始める頃になると、漸く私にも眼を開いて四方の遠望を楽しむ余裕が出て来た。よく晴れた日で、前面一体には駿河湾が光り輝き、その左に伊豆半島、右手に御前崎が浮び、山の麓の海岸には沼津の千本松原からかけて富士川の川口の田子の浦、少し離れて三保の松原も波の間に浮んで見える。明るい大きな眺めであるが、やはり富士の見えないのが寂しかった。その富士はツイ自分等の背後峰の向うに立っている筈なのである。

酒の勢、腹の満ちた元気で、我等はまたその草原から上の森林の中へ入り込んで行った。今来た道を沼津へ出ようとすればこそ夜にもなるが、頂上から最も手近な麓の村へ一直線に降りる分にはどうにか日のあるうちに降りられよう、頂上には小さなお宮があると聞くので、きっと何処へか通ずる道があるに相違ない、折角ここまで来て富士を見ぬのは何とも気持の悪い話だという様な事から、時計が既に午後の二時をすぎているのにも構わず、それこそ脱兎の勢で登り始めたのであった。

既に草原に絶えた路はそれ以上にある筈はなかった。しかし、大体の見当ではそこの一つの尾根を伝ってさえ行けば十町か二十町の間に必ず頂上へ出るという見込をつけたのであった。もう樹木を見るの紅葉を見るのというのでなかった。また、そこから上はやがて樹木は絶えて打続いた篠竹の原となっていた。一間から二間に伸びたその根の方をほとんど全く這い続けて分け登ったのであった。

辛うじて頂上に出た。案の如く富士山とぴったり向い合って立つことが出来た。しかし、最初考えたが如く、一糸掩わぬ富士の全山をそこから見るということは不能であった。ただ一片の蒲鉾（かまぼこ）を置いた様にただ単純に東西に亙って立っているものと想像していたこの愛鷹山には、思いのほかの奥山が連なり聳えているのであった。沼津辺からはただその前面だけしか見えぬのだが、その背後にむしろ前面の頂上よりも高いらしい山嶺が三つ四つごたごたと重っているのであった。しかも自分等の立った頂上からも最も手近に聳えた一つの峰は我等の立っている山とは似もつかず削りなした様な嶮しい岩山であった。その切り立った岩山を抱く様にして、大きく真白く、手に取る様な真近な空にわが富士山は聳え立っているのであった。しげしげとそれを仰いで坐っていると、我等の登って来たとは反対の山あいに幾疋か群れているらしい猿の鳴くのが聞えて来た。

真裸体の富士山を見ようというねがいは前の愛鷹山でみごとに失敗した。しかし、どこかでそうした富士を見ることが出来るであろうという心はなかなかに消えなかった。

そしてむしろ偶然に足柄と箱根との中間にある乙女峠を越えようとしてその願いを果したのであった。私はその時箱根の芦の湖から仙石原を経て御殿場へ出ようとしてこの峠にかかったのであった。乙女峠の富士という言葉を聞いてはいたが実はその時極めてぼんやりとその峠へ登って行ったのであった。当時の事を書いた紀行文を左に抜萃(ばっすい)する。


登りは甚だ嶮しかったが、思ったよりずっと近く峠に出た。乙女峠の富士という言葉は久しく私の耳に馴れていた。そこの富士を見なくてはまだ富士を語るに足らぬとすら言われていた。その乙女峠の富士をいま漸く眼のあたりに見つめて私は峠に立ったのである。眉と眉とを接する思いにひたひたと見上げて立つ事が出来たのである。まことに、どういう言葉を用いてこのおおらかに高く、清らかに美しく、天地にただ独り寂しく聳えて四方の山河を統ぶるに似た偉大な山岳を讃めたたうることが出来るであろう。私は暫く峠の真中に立ちはだかったまま、静かに空に輝いている大きな山の峰から麓を、麓から峰を見詰めて立っていた。そして、もしその峠へ人でも通り合せてはという懸念から路を離れて一二町右手の金時山の方に登って、枯芒の真深い中に腰を下した。富士よ、富士よ、御身はその芒の枯穂の間に白く白く清く清く全身を表わして見えていてくれたのである。

　乙女峠の富士は普通いう富士の美しさの、山の半ば以上を仰いでいうのと違っているのを私は感じた。雪を被った山巓も無論いい。がこの峠から見る富士はむしろ山の麓、即ち富士の裾野全帯を下に置いての山の美しさであると思った。かすかに地上から起ったこの大きな山の輪郭の一線はそれこそ一糸乱れぬ静かな傾斜を引いて徐ろに空に及び、そこに清らかな山巓の一点を置いて、更にまた美しいなだれを見せながら一方の地上に降りて来ているのである。地に起り、天に及び、更に地に降る、その間一毫の掩う所なく天地の間に己れをあらわに聳えているのである。しかもその山の前面一帯に拡がった裾野の大きさはまたどうであろう。東に籠坂峠足柄山があり、西に十里木から愛鷹山の界があり、その間に抱く曠野の広さは正に十里、十数里四方にも及んでいるであろう。しかもなおその広大な原野は全帯にかすかな傾斜を帯びて富士を背後におおらかに南面して押し下って来ているのである。その間に動いている気宇の爽大さはいよいよ背後の富士をして独りその高さを擅ならしめているのである。

伊豆の天城から見た富士もまた見ごとなものであった。愛鷹からといい乙女峠からといい、贅沢を言う様だが実は少々近過ぎる感がないではなかった。ちょうどの見頃だとおもう距離をおいて仰がるるのはこの天城山からであった。天城も下田街道からでは恰好な場所がない。旧噴火口のあとだという八丁池に登る途中からは随所に素晴しい富士を見る事が出来た。高山に登らざれば高山の高きを知らずという風の言葉を幼い時に聞いた記憶があるが、全く不意にその言葉を思い出したほど、登るに従っていよいよ高くいよいよ美しい富士をうしろに振返り振返りその八丁池のある頂上へ登って行ったのであった。

天城もまた御料林である。愛鷹と比べて更に幾倍かの広さと深さとを持った森林が山脈の峰から峰へかけて茂っている。その半ばからは杉の林であるが、上は同じく落葉樹林である。私の登ったのは梢にまだ若葉の芽を吹かぬ春のなかばであったが、鉱物化した様なその古木の林を透かして遥かに富士をかえりみる気持は実に崇厳なものであった。

高山に登り仰ぎ見たか山の高き知るとふ言のよろしさ
天地の霞みをどめる春の日に聳えかがやくひとつ富士が嶺
わが登る天城の山のうしろなる富士の高きは仰ぎ見飽かぬ

山から見た富士ばかりを書いた。最後にひとつ海を越えて見た富士を記してこの文を終る。これは曾て伊豆の西海岸をぼつぼつと歩いて通った紀行の中から抜いたものである。

今度は独りだけに荷物とてもなく、極めて暢気に登って行くとやがて峠に出た。何ということはなくそこに立って振返った時、また私は優れた富士の景色を見た。いま自分の登って来た様な雑木林が海岸沿に幾つとなく起伏しながら連なっている。その芝山のつらなりの間に、遥かな末に、例のごとく端然とほの白く聳えているのである。海岸の屈折が深いから無数の芝山の間には無論幾つかの入江があるに相違ない。その汐煙が山から山を一面にぼかして、輝やかに照り渡った日光のもとに何ともいえぬ寂しい景色を作っているのである。現にいま老人と通って来た阿良里（あらり）と田子との間に深く喰い込んだ入江などは眼の醒むる様な濃い藍を湛えて低い山と山との間に静かに横たわって見えて居る。磯には雪の様な浪の動いているのも見ゆる。私はそのままそこの木の根につくねんと坐り込んで、いつまでもいつまでもこの明るくはあるが、大きくはあるが、何ともいえぬ寂びを含んだながめに眺め入った。富士の景色で私の記憶を去らぬのが今までに二つ三つあった。一つは信州浅間の頂上から東明の雲の海の上に遥かに望んだ時、一つは上総の海岸から、恐ろしい木枯が急に吹きやんだ後の深い朱色の夕焼けの空に眺めた時、その他あれこれ。今日の船の上の富士もよかった。しかしそれにもまして私はこの芝山の間に望んだ寂しい姿をいつまでもよう忘れないだろうと思う。

この中に「信州浅間の頂上から云々」とある。その広々とした雲海の上に聳えて私の眼についた二つの山があった。一つは富士、これはその特殊の形からすぐ解った。今一つは細く鋭く尖った嶺の上にかすかに白い煙をあげた飛驒（ひだ）の焼岳であった。

その焼岳に昨年の秋十月、普通の登山者の絶え果てた時に私は登って行った。よく晴れた日で、濛々と煙を噴きあげているその頂に立って見ていると、西に、北に、南に、東に、実に無数の高い山がうす紫の秋霞（あきがすみ）の靡いた上にとびとびに見渡された。その中にやはりきっぱりと一目にわかる富士の山が遥かの遥かの東の空に望まれたのであった。

野菎の花

その一

酒の話。

昨今私は毎晩三合ずつの晩酌をとっているが、どうかするとそれで足りぬ時がある。されぱとて独りで五合をすごすとなると翌朝まで持ち越す。

この頃だんだん独酌を喜ぶ様になって、大勢と一緒に飲みたくない。つまり強いられるがいやだからである。元来がいけるたちなので、強いられればツイ手が出て一升なりその上なりの量を飲み納める事もその場では難事でない。ただ、あとがいけない。この頃の宿酔(ふつかよい)の気持のわるさはこの一二年前まで知らなかったことである。それだけ身体に無理がきかなくなったのだ。

対酌の時は独酌の時より幾らか量の多いのを厭わない。つまり三合が四合になっても差支えない様だ。独酌五合で翌朝頭の痛むのが対酌だとまずそれなしに済む。けれどその辺が頂点らしい。七合八合となるともういけない。

人の顔を見ればまず酒のことをおもうのが私の久しい間の習慣になっている。酒なしには何の話も出来ないという様ないけない習慣がついていたのだ。やめようやめようと思う事も久しいものであったが、どうやらこの頃では実行可能の域にだけは入った様だ。何よりも対酌後の宿酔が恐いからである。

運動をして飲めば悪酔をせぬという信念のもとに、飲もうと思う日には自ら鍬を振り肥料を担いで半日以上の大労働に従事する創作社々友がいま私の近くに住んでいる。この人はもと某専門学校の勅任教授をしていた中年の紳士であるが、そうして飲まれる量は僅かに一合を越えぬ様である。その一合を飲むためにそれだけの骨を折ることは下戸党から見ればいかにも御苦労さまのことに見えるかも知れない。しかし得難い楽しみの一つを得るがための努力であると見れば、これなども事実貴重な事業に相違ない。まったく身体または心を働かせたあとに飲む酒はうまい。旅さきの旅籠屋などで飲むののうまいのも一にこれに因るであろう。

旅で飲む酒はまったくうまい。しかし、私などはその旅さきでともすると大勢の人と会飲せねばならぬ場合が多い。各地で催さるる歌会の前後などがそれである。酒ずきだということを知っている各地方の人たちが、私の顔を見ると同時に、どうかして飲ましてやろう酔わせてやろうと手ぐすね引いて私の一顰一笑（いちびんいっしょう）を見守っている。従って私もその人たちの折角の好意や好奇心を無にしまいため強いてもうまい顔をして飲むのであるが、事実は甚だそうでない場合が多いのだ。これは底をわると両方とも極めて割の悪い話に当るのである。

どうか諸君、そうした場合に、私には自宅に於いて飲むと同量の三合の酒をまず勧めて下さい。それでもし私がまだ欲しそうな顔でもしていたらもう一本添えて下さい。それきりにして下さい。そうすれば私も安心して味わい安心して酔うという態度に出ます。そうでないと今後私はそうした席上から遠ざかってゆかねばならぬ事になるかも知れない。これは何とも寂しい事だ。

献酬というのが一番いけない。それも二三人どまりの席ならばまだしもだが、大勢一座の席で盃のやりとりというのが始まると席は忽ちにして乱れて来る。酒の味どころではなくなって来る。これも今後我等の仲間うちでは全廃したいものだ。

若山牧水というと酒を連想し、創作社というと酒くらいの集りの様に想われてる、ということを折々聞く。これは私にとって何とも耳の痛い話である。私は正直酒が好きで、これなしには今のところ一日もよう過ごせぬのだから何と言われても止むを得ないが、創作社全体にそれを被(かぶ)せるのは無理である。早い話がこの頃東京で二三回引続いて会合があり、出席者はいつも五十人前後であった。その中で真実に酒好きでその味をよく知ってるというのはまず和田山蘭、越前翠村に私、それから他に某々青年一二名くらいのものである。菊池野菊、八木錠一、鈴木菱花の徒と来ると一滴も口にすることが出来ないのだ。そしてその他の連中はただうかれて飲んで騒ぐというにすぎない。にやにやしながら嘗めているのもある。酒徒としてはいずれも下の下の組である。一度も喧嘩をしないだけまず下の上くらいには踏んでやってもいいかも知れぬ。噂(うわさ)だけでもこういう噂は香ばしくない。出来るだけ速くその消滅を計りたい。心から好きなら飲むもよろしい。何を苦しんでかこれを稽古することがあろう。一度習慣となるとなかなか止められない。そしてだらしのない、いやアな酒のみになってしまうのだ。

全国社友大会の近づく際、特にこれらの言をなす所以(ゆえん)である。

旅さきでのたべものの話。

折角遠方から来たというので、たいへんな御馳走になることがある、おおくこれは田舎での話であるが。

これもただ恐縮するにすぎぬ場合がおおい。酒のみは多く肴をとらぬものである。もっとも独酌の場合には肴でもないと何がなしに淋しいということもあるが、誰か相手があってくれればおおくの場合それほど御馳走はほしくないものである。

念のためにここに私の好きなものを書いてみると、土地の名物は別として、まずとろろ汁である。これはちいさい時から好きであった。それから川魚のとれる処ならば川魚がたべたい。鮎、いわな、やまめなどあらばこの上なし。鮒(ふな)、鮠(はや)、鯉、うぐい、鰻、何でも結構である。一体に私は海のものより川の魚が好きだ。但しこれは海のものよりたべる機会が少ないからかも知れない。

それから蕎麦(そば)、夏ならばそうめん。芋大根の類、寒い時なら湯豆腐、香のものもうまいものだ。土地々々の風味の出ているのはこの香の物が一番の様に思うがどうだろう。

田舎に生れ、貧乏で育って来た故、余り眼ざましい御馳走を並べられると胆が冷えて、食慾を失うおそれがある。まことに勿体(もったい)ない。ないがしろにされるのは無論いやだが、徒らに気の毒なおもいをさせられるのも心苦しい。

飯の時には炊きたてのに、なま卵があれば結構である。それに朝ならば味噌汁。

その二

女人の歌。

「どうも女流の歌をば多く採りすぎていかん、もう少し削ろうか。」

と私が言えば、そばにいた人のいう。

「およしなさいよ、女の人のさかりは短いんだから。」


いやさかと万歳。

「十分ばかりお話がしたいが、いま、おひまだろうか。」

という使が隣家から来た。

ちょうど縁側に出て子供と遊んでいたので、

「いいや、ひまです。」

とそのまま私の方から隣家へ出かけて行った、隣家とは後備陸軍少将渡辺翁の邸の事である。土地の名望家として聞え、沼津ではただ「閣下」とだけで通っている。私を訪ぬるために沼津駅で下車した人がもし駅前の俥に乗るならば、

「閣下の隣まで」

と言えば恐らく黙って私の家まで引いて来るであろう。首から上に六箇所の傷痕を持つ老将軍である。

翁の私に話したいという事は「いやさか」と「万歳」とに就いてであった。日本で何か事のある時大勢して唱和する祝いの声はおおよそ「万歳」に限られている。第一これは外国語であり、しかもその外国語にしても漢音呉音の差により一は「バンゼイ」と発音さるべく、一は「マンザイ」と発音されねばならぬのにかかわらず、現在の「バンザイ」ではどちらつかずの鵺語(ぬえご)となっている。ことにその語音が尻すぼまりになって、つまり「バンザイ」の「イ」が閉口音になっているために、陰(いん)の気を帯びている。めでたき席に於て祝福の意味を以て唱和さるべき種類のものとしてはどの点から考えても不適当であるというのである。

それも他に恰好(かっこう)な言葉が無いのならば止むを得ないが、わが国固有の言葉としてかかる場合に最もふさわしい一語がある。即ち「いやさか」である。「弥栄(いやさか)え」の意である。これは最初を、「イ」と口を緊(し)めておいて、やがて徐(おもむ)ろに明るく大

きく「ヤサ、カァ」と開き上げて行く。

どうかして「万歳」の代りにこの「いやさか」を拡めたい、聞けば君は世にひろく事をなしている人だそうだから、君の手によってこれを行って貰いたい、それをいま頼みに行こうと思っていたのだ、と翁は語られた。

これは筧克彦博士が初めて発議せられたものであったとおもう。翁もそう言われた。そして翁は多年機会あるごとにこの実地宣伝を試みられつつあるのだそうだ。

何かで筧博士のこの説を見た時、私は面白いと思ったのであった。端なくまたこういうところで思いがけない人からこの話を聞いて、再び面白いと思った。しかし、一方は口馴れているせいか容易に呼び挙げられるが、頭で考える「い、や、さ、か」の発音は何となく角ばっていて呼びにくいおもいがした。その事を翁に言うと、翁は言下に姿勢を正して、おもいのほかの大きな声で、その実際を示された。思わず額を上ぐるほどの、実に気持のいいものであった。

「いッ」とまず唇と咽喉と下腹とを緊め固めて、一種気合をかける心持で、そして徐ろに次に及び、最後の「かァ」で再び腹に力を入れて高々と叫び上げるのだそうである。

私は悉く賛成して、そして出来るだけの宣伝に努める事を約して帰って来た。社友にも同感の人が少くないと思う。もし一人々々の力の及ぶ範囲に於てこれを実地に行って頂けば幸である。

全国社友大会の適宜な場合に渡辺翁に音頭をとっていただいてまずその最初を試みたく思う。

梅咲くころ。

今年は梅がたいへんに遅かった。

ささらぎは梅咲くころは年ごとにわれのこころのさびしかる月

私はちらりほらりと梅の綻びそめるころになると毎年何とも言えない寂しい気持になって来るのが癖だ。それと共に気持も落着く。

好かざりし梅の白きを好きそめぬわが二十五の春のさびしさ

この一首が恐らく私にとって梅の歌の出来た最初であったろう。房州の布良（めら）に行っていた時の詠である。

年ごとにする驚きよさびしさよ梅の初花をけふ見つけたり
うめ咲けばわがきその日もけふの日もなべてさびしく見えわたるかな

これらは『砂丘』に載っているので、私の三十歳ころのものである。

うめの花はつはつ咲けるきさらぎはものぞおちゐぬわれのこころに
梅の花さかり久しみ下褪（あ）せつ雪降りつまばかなしかるらむ
梅の花褪するいたみて白雪の降れよと待つに雨降りにけり
うめの花あせつつさきて如月（きさらぎ）はゆめのごとくになか過ぎにけり

これらはその次の集『朝の歌』に出ている。

梅の木のつぼみそめたる庭の隈に出でて立てればさびしさ覚ゆ

梅のはな枝にしらじら咲きそめてつめたき春となりにけるかな
うめの花紙屑めきて枝に見ゆわれのこころのこのごろに似て
褪せ褪せてなほ散りやらぬ白梅のはなもこのごろうとまれなくに

その次『白梅集』にはこうした風にこの花を歌ったものがなお多い。昨年はことに梅を詠んだものが多かった。ほめ讃えたものもあったが、やはり淋しみ仰いだものが多かった。

春はやく咲き出でし花のしらうめの褪せゆく頃ぞわびしかりける
花のうちにさかり久しといふうめのさけるすがたのあはれなるかも

ところが今年はまだ一首もこの花の歌を作らない。もう二月も末、恐らくこの儘に過ぎてしまう事であろう。朝夕の遑しさがこの静かな花に向う事を許さぬのである。

その三

『山櫻の歌』が出た。私にとって第十四冊目の歌集に当る。

ここにその十四冊の名を出版した順序によって挙げてみよう。

海の聲　（明治四十一年七月）　生命社
獨り歌へる　（同　四十三年一月）　八少女会
別離　（同　　年四月）　東雲堂
路上　（同　四十四年九月）　博信堂
死か藝術か　（大正　元年九月）　東雲堂
みなかみ　（同　二年九月）　籾山書店
秋風の歌　（同　三年四月）　新声社
砂丘　（同　四年十月）　博信堂
朝の歌　（同　五年六月）　天弦堂

白梅集　（同　六年八月）　抒情詩社
さびしき樹木　（同　七年七月）　南光書院
渓谷集　（同　七年五月）　東雲堂
くろ土　（同　十年三月）　新潮社
山櫻の歌　（同　十二年五月）　新潮社

となるわけである。この間に『秋風の歌』まで七歌集の中から千首ほどを自選して一冊に輯（あつ）めた

行人行歌　（大正　四年四月）　植竹書院

があったが間もなく絶版になり、同じく最初より第九集『朝の歌』までから千首を抜いた

若山牧水集　（大正　五年十一月）　新潮社

との二冊がある。

処女歌集『海の聲』出版当時のいきさつをばツイ二三ヶ月前の「短歌雑誌」に書いておいたからここには略くが、思いがけない人が突然に現われて来てその人に同書の出版を勧められ、中途でその人がまた突如として居なくなったため自然自費出版の形になり、金に苦しみながら辛うじて世に出したものであった。私が早稲田大学を卒業する間際の事であった。

『獨り歌へる』は当時名古屋の熱田から「八少女」という歌の雑誌を出して中央地方を兼ね相当に幅を利かしていた一団の人たちがあった。今は大方四散して歌をもやめてしまった様だが、鷲野飛燕、同和歌子夫妻などはその頃からおもだった人であった。その八少女会から出版する事になり、予約の形でたしか二百部だけを印刷したものであった。形を菊判にしたのが珍しかった。

程なく私は当時東雲堂の若主人西村小径（いまの陽吉）君と一緒に雑誌「創作」を発行することになり、その創刊号と相前後して『別離』を同君方から出すことになった。意外にこれがよく売れたので、その前の二冊はほんの内緒でやった形があり、かたがたで世間ではこの『別離』を私の処女歌集だと思う様な事になった。また、内容も前二冊のほとんど全部を収容したものであった。これの再版か三版かが出た時に金拾五円也を貰って私は甲州の下部温泉というに出向いた事を覚えて居る。歌集で金を得たこれが最初である。

「創作」の毎月の編集に間もなく私は飽いて来た。そしていわゆる放浪の旅が恋しく、三四年間で日本全国を廻るつもりでまず甲州に入り、次いで信州に廻った。かれこれ半年もそんなことをしているうちにまた東京が恋しくなって帰って来て出版したのが『路上』である。これは当時小石川の竹早町に主として古本を買っていた博信堂という店の主人が或る紙屑屋から古人尾崎紅葉の未発表の原稿を手に入れたというのでそれで大いに当てる積りで急に出版を始め、案外にも失敗して困っていた頃太田水穂さんの紹介でその店から出すことになったのであった。これには珍しく油絵の口絵が入っている。私の歌集に肖像写真以外こうした口絵の入っているのはこの一冊だけである。この口絵に就いて思い出す。出版する少し前に山本鼎君と一緒に数日間下総の市川に遊びに行っていた。或る日同君が江戸川べりの榛(はん)の若芽を写生するといって画布を持ち出したのについて行き、その描かれるのを見ているうちに私は草原に眠ってしまった。それを見た同君は急に榛の木をやめて眠っている私を写生してしまった。サテ東京へ引上げようとなって宿屋の払いが足りず、その絵をそこに置いて帰った。それを博信堂の主人と共に幾らかの金を持って出懸けて受取って来て三色版にしたのであった。原画は私が持っていたのだが、富田砕花君がいつしか持ち出し、それをまたその愛人だかが持ち出し、思いがけないどこか長崎あたりへ行っているという話をあとで聞いた。

『死か藝術か』に就いても思い出がある。喜志子と初めて同棲して新宿の遊女屋の間の或る酒屋の二階を借りてひっそりと住んでいた。その頃彼女は遊女たちの着物などを縫って暮していたのでそんな所に住む必要があったのだ。一緒になって幾月もたたぬところに私の郷里から父危篤の電報が来た。そこで周章(うろた)えて歌を纏(まと)めて東雲堂へ持ち込み、若干の旅費を作って帰国したのであった。で、この本の校正をば遠く日向の尾鈴山の麓でやったのであった。最初の校正刷を郵便屋の持って来た時、私は庭の隅の据風呂に入っていて受取った。そして濡れた手で封を切ってそれを見ながら、何となしに涙を落したことを覚えて居る。

郷里には一年ほどいた。一時よくなった父がまた急にわるくなって永眠したあと、いっそ郷里で小学校の教師か村役場にでも出て暮らそうかなどとも考えたのであったが、やはりそうもならず、五月ごろであった、非常に重い心を抱いてまた上京の途についた。そしてその途中、前から手紙などを貰っていた伊予岩城島の三浦敏夫君を訪うことにした。まず伊予の今治に渡り、それから瀬戸内海の中の一つの小さな島に在る同君宅を訪ねて行った。勧めらるるままに同家の別荘風になった一軒に暫く滞在していた。海の上に突き出しになった様な部屋は実に明るくて静かであった。フッと私はそこで郷里に帰っていた間に詠んだ歌を一冊に纏めてみたいと思いついた。そして荷物を解いてノートを取り出し一首々々清書し始めたのであったが、それは私にとって意外にも苦しい事業である事を知った。郷里の一年間は異様に緊張した感傷的な、また思索的な時間を私に送らせたのであった。だから詠んだ歌にしろ、いつか平常の埒をはなれて一首が四十四五文字もある様なものになったり、雅語から離れて口語になったり、今までにない変体なものばかりが出来ていた。それを、その郷里から離れてそんな一つの島の岸の静かな所で見直し始めたので、周囲の環境が急変したために、己れ自身自分の心の姿に驚いたのであった。一首を写し二首を清書しているうちに、全く息のつまる様な苦しさを覚えて来た。後には飯が食えなくなった。それを見て三浦君がひどく心配し、では私が清書しましょうといって、大半彼が代って写しとってくれたのであった。それを持って上京して、当時「ホトトギス」を発行していた籾山書店に頼んで出版したのが『みなかみ』であった。この歌集は私のものの中でも最も記念すべきものである様に思わるる。その前の『死か藝術か』あたりから多少ずつ変りかけていた私の詠歌態度が、この集に於て実に異様に緊張して変って来ているのである。『みなかみ』が出ると世間で例の破調問題が八釜敷くなり、短唱だの何だのというものが行わるる様になった。

『みなかみ』の次に出したのが『秋風の歌』であった。

『みなかみ』を瀬戸内海の島で編集していた時のことで書き落した一事がある。余りに急変した自分自身の歌の姿に驚いた私は、一首を書いてはやめ、二首を清書しては考え込み、一向に為事の捗らぬその間にまた行李を解いて万葉集を取り出してぼつぼつと読み始めた。心を静めたいためとひとつは古来の歌の姿をそうした場合にとっくりと眺め直してみたいためであった。そしてこの事は一層私に歌集清書の筆を鈍らしたのであった。

とかくして出来上った『みなかみ』の原稿を持って上京した私は、程なく小石川の大塚窪町に家を借り、一時信州の里へ帰してあった妻子（その間に長男が生れていた）を呼んで、初めて家庭らしい家庭を構うることになった。そしてそこに永い間の独身時代の自由や放縦やまたは最近一二年間の帰省時代の妙に緊張していた生活と異った朝夕が始まった。鎮静があり、疲労があった。そうした一年間のあいだに詠まれたものが『秋風の歌』である。これは『みなかみ』の奔放緊張は急に影を消していかにも懶(ものう)い寂寥が代って現れて居る。この本は友人郡山幸男君の経営していた新声社というのから出したのであったが、程なく閉店したため、同君の手により他の何とかいう本屋の手にその紙型は渡って今でもそこから出版されているそうである。散文集『牧水歌話』もまた同様であった。『秋風の歌』で見るべきは、最初『海の聲』あたりから『路上』に及ぶまでほとんど感傷一方で詠んで来たものが『死か藝術か』に及んで（その名の示すが如く）多少の思索味を加えて来、『みなかみ』で一層その熱を加えてやがて本書に及んでるのであるが、これには熱叫(ねつきょう)するという様なところがなく、ただ在るがままの自分を見詰めて歌っているという形に表れている事などであろう。

大塚窪町に住んでいる間に妻が病気になった。転地を要するというので相模の三浦半島に移り住んだ。大正三年の二月末であった。そしてそこで詠んだものを集めたのが『砂丘』である。これにはいかにも物蔭に隠れて労れを休めているという様な、か弱い感傷から詠まれたものが大部分を占めて居る。春の末から夏にかけての景象を歌ったものが多く、いわば「夏の疲労」とも謂うべき歌集であった。前に『路上』を出した博信堂主人が一度悉く失敗した後、琴の音譜の本を出して大いに当て日本橋の方に引越して開業している店から出版したのであった。今でもその当時の様にこの店が繁昌しているかどうかその後一向に消息をしらない。

次が『朝の歌』である。『砂丘』と同じく三浦半島北下浦の漁村で詠んだ歌が大半を占め、東北地方の旅行さきで出来たものが加わっている。同じ三浦半島で詠んだものではあるが、前の『砂丘』とは歌の性質がすっかり変っている。前と違って歌に生気がある。しかも『みなかみ』の様に神経質のそれでなく、おおどかな静かな力を持った生き生きしさであると思って居る。この歌集あたりから私の詠風（えいふう）という様なものがほぼ一定して来たのではないかと考えらるる所がある。最近の著『くろ土』『山櫻の歌』はまさしくこの『朝の歌』直系の詠みぶりであると見ることが出来るのである。そういう所から前の『みなかみ』とはまた異った意味で私には忘れ難い一冊である。これは神楽坂に天弦堂という を開いていた中村一六君の書店から出したのであったが、これも程なく閉店し、紙型は他へ転売せられてしまった。同じ店から出した散文集『和歌講話』また然りである。

いつまでもその漁村に引込んでいるわけにゆかず、大正五年の夏から私だけ上京して本郷の下宿に住んで原稿などを書いていた。その間に出来た歌を輯めたのが『白梅集』である。これはまた歌の姿が『朝の歌』とは急に変っているのが不思議なほどだ。ひどく神経衰弱的で、そしてすべてが絶望的な主観で満ちている。謂わば『みなかみ』をきたなくした様なもので、それだけまた鋭くなったとはいえるであろう。

これは妻の歌との合著になり、内藤鋠策君の抒情詩社から出したものであった。当時妻も恢復して上京し、小石川の金富町に住んでいた。

『さびしき樹木』はその次、巣鴨の天神山に移った頃、出したものであった。これはよく『砂丘』の詠みぶりに似通ったもので、即ち夏の輝やかしさとその光の中に疲れて居る自分の心とを詠んだ歌が一冊の基調をなしている。細いけれど、何処(いずこ)にか光を含んだものとしてこの本を振返ることが出来る。これは本郷辺の印刷所に勤めていた青年が(その以前籾山書店にいた関係から歌集出版などに眼をつけていたと言っていた)突然訪ねて来て叢書の中の一編として出したいからといって急に原稿を纏めさせられたものであった。彼はひどく病身で、それに初めての事ではあり、事ごとにまごついて原稿を渡してから出版まで随分な時間がかかり、ためにその半年ほど後に東雲堂から同じく歌集叢書の一編として出す事になった『溪谷集』の方が先に町に出てしまったのであった。しかも彼はこの一冊を（その前に吉井勇君の『毒うつぎ』というのがあった）出すと直ぐ死んでしまった。そしてこの本もそれなりになってしまった。印税の約束で出版した『秋風の歌』『砂丘』『朝の歌』『さびしき樹木』、それに散文集二冊、すべて初版を出すか出さぬに本屋の都合でその版権が行衛不明になってしまうなど、よくよくの貧乏性に生れて来たものと苦笑せざるを得ない。

その『さびしき樹木』と前後して出たものに『渓谷集』がある。『朝の歌』と比べれば歌の柄（がら）の大きさに於て劣り、清澄さに於て——狭く迫っていることに於いて優って居るであろう。これは主として二つの連作から成っていると見ていい。即ち一つは秋の秩父の渓谷を巡り歩いて詠んだものと、一つは伊豆の土肥温泉に滞在してその海浜の早春を詠んだものとである。

そこで自分の歌集の出版がちょっと途切れて居る。それまでは必ず一年に一冊、どうかすると二冊ずつも出して来ていたのであるが、『渓谷集』を出してからまる三年の間何物をも出していない。そして大正十年三月に出したのが『くろ土』であり、二年おいて同十二年五月出版のものが即ち最近の『山櫻の歌』となるのである。この二冊に就いては多く諸君の知悉（ちしつ）せらるる所だろうと思うので筆を略（はぶ）く。

若葉の頃と旅

桜の花がかすかなひかりを含んで散りそめる。風が輝く。その頃から私のこころは何となくおちつきを失ってゆく。毎年の癖で、その頃になると必ずの様に旅に出たくなるのだ。また、大抵の年はどこかへ出かけている。

桜の花の散りゆくころ、やわらかく萌えわたる若葉の頃、その頃の旅の好みを私は海よりもおおく山に向って持つ。山といっても、青やかな山と山との大きな傾斜が落ち合う様な、深い渓間が恋しくなる。

上州の吾妻川（あがつまがわ）は渋川町で沼田の方から来た利根川と落ち合っているが、その渋川町から十里ほど溯ったあたりに普通に関東耶馬渓（やばけい）と呼びなされている渓谷がある。両岸は切り立った様な断崖で、その断崖には意外なほど多くの樹木が生えている。その相迫った断崖の底に極めて細く深く青み湛えた淵は、時にまた雪白な飛沫をあげた奔湍（ほんたん）となって流れ下る。

　渓流そのものもやはり他に見られぬ面白さを持って居るが、私はことにその流を挟む両岸の断崖に茂って居る木立を愛するものである。樹は多く年を経た老樹で、土気とぼしい岩の間に、ほとんど鉱物化した様なその根を張り枝を伸ばして、形あやしく立って居る。私が初めそこを見たのは秋の末、落葉の頃であった。いわゆる寒巌枯木（かんがんこぼく）の風情（ふぜい）は充分に眺められたが、それを見るにつけても若葉の頃がなお一層にしのばれた。で、その翌年の五月、はるばるとまたそこへ出かけて、山桜が咲き、山桜が散り、とりどりの木の芽が萌え、躑躅（つつじ）が咲き、藤の花の咲き出すまで、二十日ほどもそこに程近い川原湯温泉に泊っていて、毎日々々その渓間の眺めを楽しんだものであった。川原湯温泉から直ぐその不思議な眺めを持つ峡谷に入って出はずれるまで約一里、出はずれると遥かに大きな吾妻川の流域が見渡された。野原ともいいたいこの広大な渓谷にももくもくとした若葉の呼吸が萌え立っているのであった。

朝づく日峰をはなれつわが歩む渓間のわか葉青みかがやく
朝づく日さしこもりたる渓の瀬のうづまく見つつ心しづけき
渓合にさしこもりつつ朝の日のけぶらふところ藤の花咲けり
荒き瀬のうへに垂りつつ風になびく山藤の花の房長からず

渓間といえばおおくそこに多い温泉を見逃がすわけにはゆかぬ。谷にそった川原湯温泉は吾妻川に臨んだ断崖の上に在って、非常に静かな、景色もいい所である。そこから、少し下って中之条町より左折した一支流の谷間には四万（しま）温泉がある。また、渋川から利根川の方へ溯ればその本流に沿うて十幾個所かの温泉が出ているのだ。私のそこを廻り歩いたは秋であったが、若葉の頃、ことに細かな雨のそそぐ曙（あけぼの）など、人知らぬそれら谷間の湯にひっそり浸っているのは決して悪くあるまいと思う。

東京近くの渓では秩父（ちちぶ）であろう。信越線熊谷駅から入って三峰山に登る間の渓流、それから東京山手線の池袋駅から武蔵野を横切って飯能（はんのう）に到り、そこから沿うて上ってゆく名栗川の渓流、共に秩父の山から出て、前のはやや大きく、後者は極めて小さい流であるが、小さいなりにいかにも清らかなすがすがしい渓である。名栗川の上流には名栗鉱泉がある。杉木立の青々した中に、ちょろちょろと流れる水を控えて二軒の湯宿があった。

朝ばれのいつかくもりて真白雲峰に垂りつつ蛙鳴くなり
下ばらひ清らになせし杉山の深きをゆけばうぐひすの啼く
つぎつぎに継ぎて落ちたぎち杉山のながき峡間(はざま)を落つる渓見ゆ
しらじらとながれてとほき杉山の峡(かい)の浅瀬に河鹿なくなり

湖もいい。山の奥の静かな湖、新樹がひそかに影をひたして、羽虫の群がひくく水の上にまい、小魚がおりおり跳ね、郭公が岸の木立の中で啼く。そうした景情を私は榛名山(はるなさん)の上の湖で心ゆくまで味った事がある。

その湖には伊香保温泉を経て登ってゆくのだ。伊香保の若葉のよさは多くの人が知って居ることとおもう。温泉町附近の木立の深いのもよく、そこから見渡した前面の広々しい雑木原の新緑は全く心を躍らせた。人はよく伊香保の紅葉というが、紅葉は何といっても感じが乾いている。枯れている。

そこから湖までたしか二里か二里半の登りであったと思う。その間、多くは松や落葉松の植林地を行くのであるが、その林の中に郭公がよく啼いた。松林を通り越すと、一里四方もありそうな広い草原が見出された。そこの山窪の上の空には夏雲雀が無数に啼いていた。その草原を通り過ぎると湖の輝きが岸の木立がくれに見えて来るのだ。

湖岸に在る宿屋も気持のいいものであった。宿の前の湖でとれた魚や蜆(しじみ)をいろいろに料理してたべさせてくれたのも嬉しかった。私の行った日の夕方からはらはらと雨が落ちて来て、翌朝はまたこの上ない晴であった。

みづうみのかなたの原に啼きすます郭公の声ゆふぐれ聞ゆ
湖(うみ)ぎはにゆふべ靄(もや)たち靄のかげに魚の飛びつつ郭公きこゆ
吹きあぐる渓間の風の底に居りて啼く郭公の煙らひきこゆ
となりあふ二つの渓に啼きかはしうらさびしかも郭公聞ゆ

それは山上の湖、これは例の「あやめ咲くとはしをらしや」の唄で潮来(いたこ)あたりの水の上を船で廻ったも同じく初夏の頃であった。香取の宮から河とも湖ともつかぬ所を漕いで鹿島の宮へ渡り、更に浪逆（なさか）の浦を潮来へ横切る時には小雨が降っていた。「潮来出島の真菰のなかで」という真菰や蒲の青々した蔭にはあやめはやや時過ぎていたが、薊（あざみ）の花の濃紫が雨に濡れて咲き乱れていた。舟はあやめ踊を以て（もって）聞えて居る潮来の廓（くるわ）の或る引手茶屋の庭さきの石垣下に止った。そして船頭の呼ぶ声につれて茶屋の小女は傘を持っていそいそ舟まで迎いに来たのであった。

明日漕ぐと楽しみて見る沼の面の闇のふかみに行々子（よしきり）の啼く
わが宿の灯かげさしたる沼尻の葭（よし）のしげみに風さわぐなり
苫蔭にひそみつつ見る雨の日の浪逆（なさか）の浦はかきけぶらへり
雨けぶる浦をはるけみひとつ行くこれの小舟に寄る浪聞ゆ

さきに私は若葉の頃になれば旅をおもうということを書いた。そういう言葉の裏にはその季節に啼く鳥の声、山ふかく棲むいろいろな鳥の啼声をおもう心がかなり多分に含まれているのを自分では感じている。

まず郭公である。次いで杜鵑（ほととぎす）である。筒鳥（つつどり）である。呼子鳥（よぶこどり）である。その他山鳩（やまばと）の啼く音、駒鳥（こまどり）の啼く音、それからそれと思い出されて来て、こう書いていながらもどこやらにそれらの鳥のそれぞれの寂しい声の聞えているのを感ずるのだ。まったく若葉のころの山にはいろいろな鳥が啼く。しかも何処にか似通った韻律を持ち、その韻律の中にはまた同じ様な寂しさが含まれているのを思う。杜鵑、駒鳥は鋭くて錆び、郭公、筒鳥、呼子鳥、山鳩のたぐいはすべて円みを帯びた声の、しかも消しがたい寂しさをその啼声の底に湛えている鳥である。筒鳥と呼子鳥とは同じものだという人もあるが、よく聞くとやはり違う。筒鳥は大きく、呼子鳥の声は小さい。初め私はこれを親鳥雛鳥のちがいだと思うたが、耳を澄ませば確かに違って居る。筒鳥は大きく、呼子鳥は小さい。一は昼間の日の光りかがよう渓間によく、一は日暮方の木立の奥に聞くべき鳥である。杜鵑は空を横切る姿がよく、思わずも聞きつけたその一声二声が甚だいい。続けば或いは耳につくかも知れない。郭公のたぐいには私は終日耳を傾けてなお飽きない。

それらの鳥を最も多く聞いたのは山城の比叡山山中の古寺に泊っていた時であった。あそこは全山が寺領で、それこそ空を掩う大きな杉がぎっちりと生い茂り、銃猟を許さぬのでああまで鳥が多いのだろうと思われた。しかし、少し山深い所に行けば大抵の所ではこのうちのどれかは聞ける。郭公はなかなか姿を見せぬ鳥だというが、上州の草津から信州の渋へ白根山の中腹を縫うて越した時、そこの噴火の山火事あとの落葉松林の梢から梢へ移る姿を見た。年老いた案内者は、「はアあれかね、あれはハッポウ鳥だよ」と事もなげに言いすてた。渋峠の頂上に近づくと五月の中ばすぎというに、雪は一面に栂（とが）や樅（もみ）の森林を埋めつくし、その梢ばかりが僅かに表われている荒涼たる原野の様な中で、杜鵑と郭公とはかたみがわりに啼いていたのであった。

　山深いところなどでふと聞きつけた松風の音や遠い谷川のひびきに我等はともすると自分の寄る辺ない心の姿を見るおもいのすることがある。しかし、松風や水のひびきは終（つい）に余りに冷たく、余りに寄る辺ないおもいがしないではない。それに比べて私は遥かにこれらの鳥の啼く音に親しみを持つのである。カッコウ、カッコウと啼くあの静かな寂しい温かい声を聞いていると、どうしても私は眼を瞑（と）じ頭を垂れ、そこに自分の心の迷い出でて居る寂しさ温かさを覚えずにはいられないのだ。

　　うき我をさびしがらせよ閑古鳥

芭蕉の閑古鳥はたしかに郭公鳥の事であらねばならぬ。東北の或る地方ではまたこの鳥を豆蒔鳥（まめまきどり）とも呼ぶそうだ。ソレあの鳥が啼く、豆を蒔けというのであろう。いい名だとおもう。

海も強ち（あながち）にいけないのではない。海ならば岬が好きだ。また、島もいい、入江も若葉にふさわしく、奥深い港もこの頃静かである。外洋そのものはどうも秋の風の冴えた頃がいい様に思われる。

紀州の熊野浦、勝浦の港に入ろうとする頃であった。五月雨の雲の断間に遥かの山腹に奈智の滝の見えた時の感興を忘れ得ない。そしてその勝浦港の港口、崎山の茂みの蔭にある赤島温泉に二三日雨に降りこめられながら鰹の大漁に舌鼓を打ったことも思い出さるる。

瀬戸内海の中でも鯛漁の本場だと言われている備前沖の直島に鯛網を見に行ったも五月であった。島は極めて小さい島だが、そこに崇徳上皇の流され給うた遺跡があった。島の八幡宮の神官に案内せられてそこへ行くと、何のそれらしい面影もなく、ただ一面に小松の立ち並んでいる浪打際の山の蔭であった。伸び揃うた小松のしんの匂いが寂しい心を誘うのみであった。琴弾浜という所で鯛を取って、これも折からの雨に濡れながら松蔭の海人の小屋で、さまざまに料理して貪り喰うた事も忘れ難い。夜に入って小松ばかりの島山の峰づたいに船着場まで帰ろうとすると、ちょうど晴れそめた望（もち）の夜の月が頭上にあった。うち渡す島から島への眺めに時を忘れて、定期の発動機船に乗り遅れ、わざわざ小舟をしたてて備前路までその月の夜を漕がせた事をも思い出す。

　繁山の岬のかげの八十島（やそしま）をしまづたひゆく小舟ひさしき
　したたかにわれに喰はせよ名にし負ふ熊野が浦はいま鰹時
　むさぼりて腹な破りそ大ぎりのこれの鰹の限りは無けむ
　琴弾の浜の松かぜ断えぬると見れば沖辺を雨のゆくなり

山や海の事ばかり書いていた。京都の嵯峨から御室、嵐山から清涼寺大覚寺を経て仁和寺（にんなじ）に到るあたりの青葉若葉の静けさ匂はしさを何に譬えよう。単に青葉若葉といわない、あのあたり一面におおい松の林の松の花、蕪村（ぶそん）が歌うた

　　若竹やゆふ日の嵯峨となりにけり

の篁つづきの竹の秋の風情、思い起すだに酔う様な心地がする。

また、新薬師寺唐招提寺の古い御寺をたずね歩いて、過ぎ去り過ぎゆく「時」のかおりに身を沈め、奈良の春日の森の若葉の中に入り行く心を誰に告げよう。鹿の子の群れあそぶ広い広い馬酔木の原は漸くあの可憐な白い花に別れようとする頃である。若草山のみどりは漸く深く、札所九番の南円堂の鐘の音に三笠山の峰越しの雲の輝きこもる頃である。

吾子つれて来べかりしものを春日野に鹿の群れをる見ればくやしき
葉を喰めば馬も酔ふとふ春日野の馬酔木が原の春すぎにけり
奈良見人つらつら続け春日野の馬酔木が原に寝てをれば見ゆ
つばらかに木影うつれる春日野の五月の原をゆけば鹿鳴く

思い起し、書きつらねて行けばまことに際がない。

私のこの文章を書いているのもまた旅さきに於てである。伊豆天城山の北の麓、狩野川の上流に当る湯ヶ島温泉にもう十日ほど前から来ているのだ。来た頃に咲きそめた山ざくらは既に名残なく散って、宿の庭さきを流るる渓川に鳴く河鹿の声が日ましに冴えてゆく。晴れた日に川原に落つる湯滝に肩を打たせながら見るとなく、仰ぎ見る山の上の雲の輝きは何といってももう夏である。

あそこかここか、行ってみたいところを心に描いていると、なかなかこうじっとしていられない気持である。旅にいてなお旅を思う、自ずと苦笑せずにはいられない。

（四月十一日、湯ヶ島湯本館にて）

枯野の旅

○

乾きたる
落葉のなかに栗の実を
湿りたる
朽葉(くちば)がしたに橡(とち)の実を
とりどりに
拾ふともなく拾ひもちて
今日の山路を越えて来ぬ

長かりしけふの山路
楽しかりしけふの山路
残りたる紅葉は照りて
餌に餓うる鷹もぞ啼きし
上野（かみつけ）の草津の湯より
沢渡（さわたり）の湯に越ゆる路
名も寂し暮坂峠

○

朝ごとに
つまみとりて
いただきつ
ひとつづつ食ふ

くれなゐの
酸ぱき梅干
これ食へば
水にあたらず
濃き露に巻かれずといふ
朝ごとの
ひとつ梅干
ひとつ梅干

○

草鞋よ
お前もいよいよ切れるか
今日

昨日
一昨日(をとつひ)
これで三日履いて来た
履上手(はきじやうず)の私と
出来のいいお前と
二人して越えて来た
山川のあとをしのぶに
捨てられぬおもひもぞする
なつかしきこれの草鞋よ

○

枯草に腰をおろして
取り出す参謀本部
五万分の一の地図

見るかぎり続く枯野に
ところどころ立てる枯木の
立枯の楢(なら)の木は見ゆ

路は一つ
間違へる事は無き筈
磁石さへよき方をさす

地図をたたみ
元気よくマッチ擦るとて
大きなる欠伸(あくび)をばしつ

○

頼み来し

その酒なしと
この宿の主人言ふなる

破れたる紙幣とりいで
お頼み申す隣村まで
一走り行て買ひ来てよ

その酒の来る待ちがてに
いまいちど入るよ温泉に
壁もなき吹きさらしの湯に

冷たさよわが身を包め

冷たさよ
わが身をつゝめ

わが書斎の窓より見ゆる
遠き岡、岡のうへの木立
一帯に黝(くろ)み静もり
岡を掩ひ木立を照し
わが窓さきにそゝぐ
夏の日の光に冷たさあれ

わが凭る椅子
腕を投げし卓子(てーぶる)
脚重くとどける畳
部屋をこめて動かぬ空気
すべてみな氷のごとくなれ

わがまなこ冷かに澄み
あるとなきおもひを湛へ
労れはてしこゝろは
森の奥に
古びたる池の如くにあれ

あゝねがふ
わが日の安らかさ
わが日の静けさ
わが日の冷たさを

夏の寂寥

わが家の、
北に面した庭に、
南天、柘榴（ざくろ）、檜葉（ひば）、松、楓（かへで）の木が
小さな木立をなしてゐる。
南天の蔭には、
洗面所の水が流るゝため、
虎耳草（ゆきのした）、秋海棠（しうかいだう）、歯朶（しだ）など、
水気を好む植物が
一かたまりに茂つて、

あたりは一面の苔となつてゐる。
その中の柘榴（ざくろ）の木に、
今年はひどく花がついた。
こまかな枝や葉の茂みから
清水でも滲み出る様に
真紅な花が咲き拡（ひろ）がつた。
初め一輪二輪と葉がくれに咲き、
やがてその葉の色をも包んで、咲き盛ると
いちはやくまた一輪二輪と散り出した。
厚い花弁の中に無数の蕊（しべ）をちぢらせた
真紅な花が、
一つ二つと散り出した。
それを真先きに見付けたのは、
私の子供たちだ。
五歳と八歳の二人の娘は、
毎朝早起をしてその花を拾ひ競うた。

そして二三日のうちに飽（あ）いてしまつた。
代つてその夥（おびただ）しい落葉を拾ひ始めたのは、
私の年若な書生だ。
耳のとほい無口な小柄な彼は、
誰にいひつけられたでなく、
その木の蔭にしやがんでは、
ひつそりと拾ひとつて塵取の中に入れた。
いよいよ散る真盛りとなると、
彼も終（つひ）ににや〳〵と笑ひながら、
熊手を持つて来て、
うるほひ渡つた青苔を剝がぬ様に、
その上にうづだかい落花を掻き寄せた。
その庭は、
離室（はなれ）の私の書斎からよく見える。
苔に落ちた花も見え、
枝垂（しだ）れ咲いた軒端の花もよく見えた。

子供の拾ふのも可愛いゝと見、
書生の拾ふのもいとしいと見てゐた。
が、
流石にその夥しい花も散り尽くる時が来た。
一朝ごとに減つてゆくその落葉をば、
いつか書生も捨てておく様になつた。
けふ、
ふと私はその庭におりて行つて、
柘榴の木の下に立つた。
減つたとはいつてもまだそこら一面に花びらは散つてゐた。
ただ古び朽ちてきたなくなつただけだ。
茂つた老木の枝には、
これはまたおもひのほかに、
残つてゐる実がすくない。
みな今年のは空花（あだばな）であつたらしい。
柘榴の茂み檜葉の茂みを透いて、

紺の色の空が見えた。
浮雲ひとつ無い空だ、
めらめらと燃える様にとも、
または、
死にゆく静けさを持つたとも、
いづれともいへる真夏の空だ。
十本たらずの庭木の間に立つて、
ぼんやりとその空を仰ぎながら、
ぼんやりと呼吸（いき）する、
長い呼吸の間に混つて、
何ともいへぬ冷たい気持が、
全身を浸して来るのを私は覚えた。
名も知れぬ誰やらが歌つた、
土用なかばに秋風ぞ吹く、
といふあの一句の、
荒削りで微妙な、

丁度この頃の季節の持つ「時」の感じ、あれがひいやりと私の血の中に湧いたのであつた。

夏のよろこび

底深い群青色（ぐんじょういろ）の、表ほのかに燻（いぶ）りて弓形に張り渡したる真昼の空、そこには力の満ち極まった静寂（しじま）の光輝（かがやき）があり、悲哀（かなしみ）がある。

朝焼雲、空のはたてに低く細くたなびきて、かすけき色に染まりたる、野に出でて見よ、滴（したた）る露の中に瓜（うり）の花と蜂の群とが無数に喜び躍っている。

向日葵（ひまわり）の花、磨き立てた銅盥（かなだらい）の輝きを持って、にょっきりと光と熱との中に咲いている。歩み移る太陽の方にかすかに面を傾くるというにもこの花のあわれさが感ぜられる。ずばぬけて大きいだけになお。

夜。空気も濡れ、灯火も濡れ輝いている。ほのかに汗ばむアイスクリームの湯気。

昼寝。したたかに吸い太りたる蚊のよちよちとまいゆける下、畳よ、氷の如く冷(ひやや)かなれ。

釣

ソレ、君と通つて
ここなら屹度（きつと）釣れるといつた
あの淀み
富士からと天城（あまぎ）からとの
二つの川の出合つた
大きな淀みに
たうとう出かけて行つて釣つて見ました
かなり重い錘（おもり）でしたが
沈むのによほどかゝる

四尋からの深さがありました
とろりとした水面に
すれ〳〵に釣竿が影を落す
それだけで私の心は大満足でした
山の根はいゝが
惜しいことに
釣つてゐる上に道がある
なるたけ身体を
小松の蔭にかくしてゐるのだが
竿だけは上から眼につく
「あたりますかナ」
一人の男が上に蹲踞(しやが)んでいふのです
「イヤ一向……
一体ここでは何が釣れるのです」
この私の問には
向うで困つたやうです

「さア……
うなぎ
なまづ
ふな
まア、まるた位ゐでせうナ……
餌は何です
「みゝずです」
「みゝずなら
何にでもいゝ」
と言つてのそりと大きな男は立ち上りました
そして言ひ添へました
「どうもこの頃
あたらなくなりましたよ」
「ですかねエ……
左様なら」
私は振返つて言ひました

そのうち
こまかな雨が来ました
身体のめぐりの
曼珠沙華（まんじゅさげ）が次第に濡れて
なんともいへぬ赤い色です
それが水にも映つてる
対岸の藪の向うでは
見えはしないが
虫送りでせう
かん、かん、かんと秋らしい鉦（かね）が聞える
富士から愛鷹（あしたか）にかけては
いちめんに塗りつぶした様な雲で
私の釣竿からも
たうとう雫が落ち出しました

虻と蟻と蟬と

光を含んだ綿雲が、軒端に見える空いっぱいに輝いて、庭木という庭木は葉先ひとつ動かさず、それぞれに雲の光を宿して濡れた様に静まっている。蟬の声はその中のあらゆる幹から枝から起っている様に群り湧いて、永い間私の耳を刺して居た。

数日続いた暴風雨のあとで、今朝届いた雑誌を一冊載せたばかりの机の上には冷たい湿気が浸みていた。読むともなく開いた表紙の折目の蔭になった隙間に口に含んだ煙草の煙を吹き込むと雑誌の向側から直ぐ真白な濃い煙がさアっと机のおもて一面に拡がって出た。そして机のしめりに浸み込む様にベットリと木地にくっ着いたまま這い拡がってゆくのみで少しも上へは昇らない。もう一度私は同じ様に折目の下から煙を吹いた。前の煙のあとを追うて浸み拡がったそれは、やがてよれよれに小さな渦巻を作りながら僅かに上に昇ろうとする。二つ、三つと小さな渦は出来たが、やはり上には立たなかった。一二寸の高さに昇ったかと思うと、くずるる様に下に靡いて拡がった。渦巻は山の形に、下に這う煙は信濃あたりの高い山から山の間に見る雲の海の形にも似て眺められて、私は幼い静かな興味を覚えながら幾度となくその戯れを繰返した。

ふと落付かぬ何やらの音が聞えた。紙とガラスの二重になっている窓の障子の間にまい込んだ何やらの羽虫が立つる音である。疲れ果てたそして極めて静かなその場の気持を壊さない様に、私はわざわざ座を立ってその虫を逃そうとした。見ると、それは大きな虻であった。一度も二度も今朝がたから私を螫して逃げて行ったそれである。

波立つ胸で私はその少し前に用意して来ていた蠅叩きを取った。そして一打ちにその大きな虻を打ち落した。ありありと強過ぎる力で打たれた虫は、片羽をもがれ、腸を出して死んでしまった。

そのきたない死骸を見て一時当惑した私はすぐそれを可愛がっている蟻に与えようと思った。離室になっている私の書斎の石段には、常に三四種類の蟻が来て餌をあさっていた。眼にも入らぬ埃の様な追うにも追われぬ小さな薄赤い蟻はよく机から本箱の隅までも這いよって来た。ぶつぶつ胴体が三つに区切れて長さ七八分から一寸にも及ぶ大きな黒蟻もよく机のめぐりにやって来て私を驚かした。常に鋭く尻を押っ立てて歩くやや小さな黒蟻は好んで人を螫し、またこれに螫されると必ず二三日脹れて痛かった。これ等のほかに、長さ一分ほどのほっそりした赤黒い蟻がいた。この蟻は部屋にも上らず、どうかして着物に附いても容易に螫すことをしなかった。で、私は餌さえあればこの見たところも他よりは可愛い蟻に与えるのを楽しみとしていた。

降りこめられていたあとの日和で、三段になった石段にありとあらゆる蟻が出揃って駆け廻っていた。辛うじてその中に私の目指す蟻の一疋を見出した私は、その忙しげに歩いてゆく鼻先に虻の死骸を置いた。考え深そうにその大きな餌のめぐりを一周した彼女は、くるりと向を変えると恐しい速力で或る方角へ駆けだした。思いがけぬこの大収獲を報告し、少しも速く巣へ運搬するためにその仲間を呼びに走ったのである。

報告に行った留守の間に他の蟻の族が幾度となくその周囲にやって来た。私は力めてそれらを餌に近附けさせぬ様に用心した。この日の私の疲れた心はそうした場合に当然起る両方の蟻の間の争闘を見るのがいやであった。やがて、一つの石段の角の所からいまの一疋と思われるのが姿を出した。と見ると、そのあとに引続いてぞろぞろぞろぞろと長い列を作ってうねる様にその仲間がやって来た。

やれやれと私も微笑しながらそこを離れた。そしてそのまま茶の間に行って夙くに時間の過ぎて居る薬を一服飲んで来た。再び離室に帰って机に向おうとしながら一寸その石段を覗いてみて驚いた。ほんの僅かの間に、そこには既う私の見るを厭った大争闘が石段の半ば以上に亙って開かれていた。埃の様な赤い小蟻、尻を立てた黒蟻、それに最初から餌を運んでいた蟻、この三種族が真黒になって虻の死骸を中に噛み争っているのである。むらむらと湧いた肝癪から私はまだそのままそこに在った蠅叩きを取るや否や、ぴしゃりとその黒い虫のかたまりに一撃を喰わした。そして続けさまにぴしゃぴしゃと叩きつけて一切をそこから遠くはたき落してしまった。

僅かの事にも波立ち易くなっている自分の心持を鎮めるために、私は心を入れて机の上の雑誌を読もうとした。耳に入るは蟬の声である。さながら軒端から射す雲の光の中に電気でも通って居る様に、ひりひりひりひりひりと耳から頭に響いて聞えて来た。

空想と願望

噴火口のあとともいふべき、山のいただきの、さまで大きからぬ湖。
あたり囲む鬱蒼たる森。
森と湖との間ほぼ一町あまり、ゆるやかなる傾斜となり、青篠密生す。
青篠の尽くるところ、幅三四間、白くこまかき砂地となり、渚に及ぶ。
その砂地に一人寝の天幕を立てて暫く暮し度(た)い。
ペンとノートと、
愛好する書籍。
堅牢なる釣洋灯、
精良な飲料、食料。

石楠木（しゃくなぎ）咲き、
郭公、啼く。

誰一人知人に会はないで
ふところの心配なしに、
東京中の街から街を歩き、
うまいといふものを飲み、かつ食つて廻り度い。

遠く望む噴火山のいただきのかすかな煙のやうに、
腹這つて覗く噴火口の底のうなりの様に、
そして、千年も万年も呼吸を続ける歌が詠み度い。

遠く、遠く突き出た岬のはな、
右も、左も、まん前もすべて浪、浪、
僅かに自分のしりへに陸が続く。
そんなところに、いつまでも、立つてゐたい。

いつでも立ち上つて手を洗へるやう、
手近なところに清水を引いた、
書斎が造り度い。

咲き、散り、
咲き、散る
とりどりの花のすがたを、
まばたきもせずに見てゐたい。
萌えては枯れ、
枯れては落つる、
落葉樹の葉のすがたをも、
また。

山と山とが相迫り、
迫り迫つて

そこにかすかな水が生れる。
岩には苔、
苔には花、
花から花の下を、
伝ひ、滴り、
やがては相寄つて
岩のはなから落つる
一すぢの糸のやうな
まつしろな滝を、
ひねもす見て暮し度い。

いつでも、
ほほゑみを、
眼に、
こころに、
やどしてゐたい。

自分のうしろ姿が、
いつでも見えてるやうに
生き度い。

窓といふ
窓をあけ放つても、
蚊や
虫の
入つて来ない、
夏はないかなア。

日本国中の
港といふ港に、
泊つて歩き度い。

死火山、
活火山、
火山から
火山の、
裾野から、
裾野を
天幕を担(かつ)いで、
寝て歩きたい。

日本国中にある
樹のすがたと、
その名を、
知りたい。

おもふ時に、
おもふものが、

飲みたい。
欲しい時に、
燐寸(まっち)よ、
あつて呉(く)れ。

煙草の味が、
いつでも
うまくてくれ。

或る時に
可愛いいやうに、
妻と
子が、
可愛いいと
いい。

おもふ時に
降り
おもふ時に
晴れて呉れ。

眼が覚めたら
枕もとに、
かならず
新聞が
来てるといい。

庭の畑の
野菜に、
どうか、
虫よ、

附かんで呉れ。

麦酒が
いつも、
冷えてると、
いい。

酒の讃と苦笑

それほどにうまきかとひとの問ひたらば何と答へむこの酒の味

真実、菓子好の人が菓子を、渇いた人が水を、口にした時ほどのうまさをば酒は持っていないかも知れない。一度口にふくんで咽喉を通す。その後に口に残る一種の余香余韻が酒のありがたさである。単なる味覚のみのうまさではない。無論口であじわううまさもあるにはあるが、酒は更に心で嚙みしめる味わいを持って居る。あの「酔う」というのは心が次第に酒の味をあじわってゆく状態をいうのだと私はおもう。この酒のうまみは単に味覚を与えるだけでなく、直ちに心の営養となってゆく。乾いていた心はうるおい、弱っていた心は蘇(よみがえ)り、散らばっていた心は次第に一つに纏って来る。

私は独りして飲むことを愛する。かの宴会などという場合は多くただ酒は利用せられているのみで、酒そのものを味わい楽しむということは出来難い。

白玉の歯にしみとほる秋の夜の酒は静かに飲むべかりけり
酒飲めば心なごみてなみだのみかなしく頬を流るるは何(な)ぞ
かんがへて飲みはじめたる一合の二合の酒の夏のゆふぐれ
われとわが悩める魂(たま)の黒髪を撫づるとごとく酒は飲むなり
酒飲めば涙ながるるならはしのそれも独りの時にかぎれり

しかし、心の合うた友だちなどと相会うて杯を挙ぐる時の心持もまた難有(ありがた)いものである。

いざいざと友に盃すすめつつ泣かまほしかり酔はむぞ今夜

語らむにあまり久しく別れゐし我等なりけりいざ酒酌まむ
汝(な)が顔の酔ひしよろしみ飲め飲めと強ふるこの酒などかは飲まぬ

朝の酒の味はまた格別のものであるが、これはしかし我等浪人者の、時間にも為事の上にもさまでに厳しい制限の無い者にのみ与えられた余徳であるかも知れぬ。雨、雪など、庭の草木をうるおしている朝はひとしおである。

時をおき老樹(おいき)のしづく落つるごと静けき酒は朝にこそあれ

普通は晩酌を称うるが、これはともすれば習慣的になりがちで、味は薄い。私はむしろ深夜の独酌を愛する。

ひしと戸をさし固むべき時の来て夜半を楽しくとりいだす酒
夜為事の後の机に置きて酌ぐウヰスキーのコプに蚊を入るるなかれ
疲れ果て眠りかねつつ夜半に酌ぐこのウヰスキーは鼻を焼くなり
鉄瓶のふちに枕しねむたげに徳利かたむくいざわれも寝む

酔ひ果てては世に憎きもの一もなしほとほと我もまたありやなし

一刻も自分を忘るる事の出来ぬ自己主義の、延（ひ）いてそこから出た現実主義物質主義に凝り固まっている阿米利加に禁酒令の布（し）かれたは故ある哉である。

洋酒日本酒、とりどりに味を持って居るが、本統（ほんとう）におちついて飲むには日本酒がよい。

サテ、ここまで書いて来るともう与えられた行数が尽きた。

初め、酒の讃を書けという手紙を見た時、我知らず私は苦笑した。なぜ苦笑したか。

要するに私など、自分の好むものにいつ知らず救われ難く溺れていた観がある。朝飯昼飯の膳にウイスキーかビールを、夕飯の膳にはまた改めていわゆる晩酌を、という風に酒びたりになっている者に果して真実の酒の讃が書けるものだろうか。

いま一つ苦笑して苦笑の歌数首を書きつけこの稿を終る。

その一。

一杯を思ひきりかねし酒ゆゑにけふも朝より酔ひ暮したり

なにものにか媚びてをらねばならぬ如き寂しさ故に飲めるならじか

酔ひぬればさめゆく時の寂しさに追はれ追はれて飲めるならじか

その二。これは五六年前、腎臓を病み医者より絶対の禁酒を命ぜられた時の作。

酒やめてかはりに何か楽しめといふ医者が面(つら)に鼻あぐらかけり

彼しかもいのち惜しきかかしこみて酒をやめむと下思ふらしき

癖にこそ酒は飲むなれこの癖とやめむ易しと妻宣らすなり

宣りたまふ御言(みこと)かしこしさもあれとやめむとは思へ酒やめがたし

酒やめむそれはともあれ永き日のゆふぐれごろにならば何とせむ

朝酒はやめむ昼酒せんもなしゆふがたばかり少し飲ましめ

酒無しに喰ふべくもあらぬものとのみ思へりし鯛を飯のさいに喰ふ

おろか者にたのしみ乏しとぼしかるそれの一つを取り落したれ

うまきもの心に並べそれこれとくらべ廻せど酒に如(し)かめや
人の世にたのしみ多し然れども酒なしにしてなにのたのしみ

歌と宗教

私は宗教というものを持たない。また、それを知らない。知るべき機会にまだ遭遇しないでいるのである。

既成宗教に対する概念も極めて漠たるもので、むしろ古いお寺とかお宮とか仏像とか、または昔の多くの殉教者たちの伝説などに親しみを感じているくらいのもので、全く宗教ということに就いて云々する資格はないのである。

しかしこういう心持は或いはその宗教というものに通じているのではあるまいかということを折々考える事がある。それは「歌」に対する私の心情である。

歌に対する私の考えを極く簡単に言うと、歌は自分を知りたいために詠むもの、守り育てたいために詠むもの、慰め楽しませ励ますために詠むものと私は思って居る。

自分の生れて来ていること、生きて行こうとしていること等に気のついている人は余り多くあるまい様におもわれる。多くはただそこに置かれてあるとだけにぼんやりと生きているので、オヤオヤこれが自分か、これが真実の自分かと自分の姿に対して眼を見張る人すらも少ない様に思われてならない。

それに反して歌を求むる心のうちには多少とも確かに自分自身というものに気づいている心が動いているのを感ずる。また、何かしら自分の思っていることを言い現わしてみたいという心の下には必ずその「自分」というものが動いていねばならぬ筈である。

かくして漸く自分というもののあるのを知る。そうしてそこに見出でた唯一無二の自分というものに対して次第に親しみを感じ始めるのはこれは自然である。親しみを感ずると共にその自分を一層濁りのないものに、美しいものに、深い大きいものに進めてゆきたい心の起るのもまた自然であるといわねばならぬ。

一首々々と拙い歌を作り重ねて行きつつあることは、要するにこの自分というものをもっとよく知ろう、もっとよくしようというねがいから出ている様に私には思わるるのである。こういう風に言って来るといかにも概念的に理屈っぽく聞えるのを思うが、実は無自覚ながらに自ずとそういう傾向をとって来ている様に思われてならないのである。

私の曾つて詠んだ一首に、

わがこころ澄みゆく時に詠む歌か詠みゆくほどに澄めるこころか

というのがある。

まったく歌に詠み入っている瞬間は、普通の信者たちが神仏の前に合掌礼拝している時と同じな、或いはそれより以上であろうと思う法悦を感じているのである。

おそらく私はこの歌の道を自分の信仰として一生進んでゆくであろうとおもう。そうしていま自分の前に横たわって居る歌の道はいよいよ寂しく、そしていよいよ杳(はる)かに続いているのを感ずるのである。

自己を感ずる時

生の歓びを感ずる時は、つまり自己を感ずる時だとおもう。自己にぴったりと逢着するか、或いはしみじみと自己を噛み味わっている時かだろうとおもう。

そういう意味に於て私にとってはやはり歌の出来る時がそれに当る様である。それも、うまく出来てくれる時である。

歌が思う様に出来る時は万事万物すべてが無意味でなくなって来る。自分を初め、自分の周囲に在るすべてがいきいきと生きて来る。自分を中心としてめいめいが光を放っている様な明るさを感ずる。自分を中心として全てが成り立っている様な力を感ずる。初めて、我ここに在り、という歓びが五体の中に湧いて来るのを感ずる。

なまけ者と雨

降るか照るか、私は曇日を最も嫌う。どんよりと曇って居られると、頭は重く、手足はだるく眼すらはっきりとあけていられない様な鬱陶しさを感じがちだ。無論為事は手につかず、さればといってなまけているにも息苦しい。

それが静かに四辺(あたり)を濡らして降り出して来た雨を見ると、漸く手足もそれぞれの場所に帰った様に身がしまって来る。

机に向うもいいし、寝ころんで新聞を繰りひろげるもよい。何にせよ、安心して事に当られる。

雨を好むこころは確に無為(むい)を愛するこころである。為事の上に心の上に、何か企てのある時は多く雨を忌んで晴を喜ぶ。

すべての企てに疲れたような心にはまったく雨がなつかしい。一つ一つ降って来るのを仰いでいると、いつか心はおだやかに凪いでゆく。怠けているにも安心して怠けていられるのをおもう。

雨はよく季節を教える。だから季節のかわり目ごろの雨が心にとまる。梅のころ、若葉のころ、または冬のはじめの時雨など。

梅の花のつぼみの綻（ほころ）びそむるころ、消え残りの雪のうえに降る強降のあたたかい雨がある。桜の花の散りすぎたころの草木の上に、庭石のうえに、またはわが家の屋根、うち渡す屋並の屋根に、列を乱さず降り入っている雨の明るさはまことに好ましいものである。しゃあしゃあと降るもよく、ひっそりと草木の葉末に露を宿して降るもよい。

わが庭の竹のはやしの浅けれど降る雨見れば春は来にけり

しみじみとけふ降る雨はきさらぎの春のはじめの雨にあらずや

窓さきの暗くなりたるきさらぎの強降雨を見てなまけをり

門出づと傘ひらきつつ大雨の音しげきなかに梅の花見つ
ぬかるみの道に立ち出で大雨に傘かたむけて梅の花見つ
わがこころ澄みてすがすがし三月のこの大雨のなかを歩みつつ
しみじみと聞けば聞ゆるこほろぎは時雨るる庭に鳴きてをるなり
こほろぎの今朝鳴く聞けば時雨降る庭の落葉の色ぞおもはる
家の窓ただひとところあけおきてけふの時雨にもの読み始む
障子さし電灯ともしこの朝を部屋にこもればよき時雨かな

など、春の初めの雨と時雨とを歌ったものは私に多くあるが、大好きの若葉の雨をばどうしたものかあまり詠んでいない。僅かに、

うす日さす梅雨の晴間に鳴く虫の澄みぬる声は庭に起れり
雨雲のひくくわたりて庭さきの草むら青み夏むしの鳴く

などを覚えているのみである。
夕立をば二三首歌っている。

飯(いひ)かしぐゆふべの煙庭に這ひてあきらけき夏の雨は降るなり
はちはちと降りはじけつつ荒庭の穂草がうへに雨は降るなり
俄雨降りしくところ庭草の高きみじかき伏しみだれたり
渋柿のくろみしげれるひともとに滝なして降る夕立の雨

一日のうちでは朝がいい。朝の雨が一番心に浸む。真直ぐに降っている一すじごとの明るさのくっきりと眼にうつるは朝の雨である。

眺むるもよいが、聴き入る雨の音もわるくない。ことに夜なかにフッと眼のさめた時、端なくこのひびきを聴くのはありがたい。

わが屋根に俄かに降れる夜の雨の音のたぬしも寝ざめて聴けば
あらかにわがたましひを打つごときこの夜の雨を聴けばなほ降る

雨はよく疲れた者を慰むる。

あかつきの明けやらぬ闇に降りいでし雨を見てをり夜為事を終へ

遠山の雲、襞（ひだ）から襞にかけておりている白雲を、降りこめられた旅籠屋（はたごや）の窓から眺める気持も雨のひとつの風情（ふぜい）である。
山が若杉の山などであったらば更にも雨は生きて来る。

紀伊熊野浦にて。

船にして今は夜明けつ小雨降りけぶらふ崎の御熊野（みくまの）の見ゆ

下総犬吠岬にて。

とほく来てこよひ宿れる海岸のぬくとき夜半を雨降りそそぐ

信濃駒ヶ岳の麓にて。

なだれたち雪とけそめし荒山に雲のいそぎて雨降りそそぐ

上野榛名山上榛名湖にて。

山のうへの榛名の湖の水ぎはに女ものあらふ雨に濡れつつ

常陸霞が浦にて。

苫蔭にひそみつつ見る雨の日の浪逆の浦はかき煙らへり

雨けぶる浦をはるけみひとつゆくこれの小舟に寄る浪聞ゆ

平常為事をしなれている室内の大きなデスクが時々いやになって、別に小さな卓を作り、それを廊下に持ち出して物を書く癖を私は持って居る。火鉢の要らなくなった昨日今日の季候のころ、わけてもこれが好ましい。

廊下に窓があり、窓には近く迫って四五本の木立が茂っている。なかの楓の花はいつの間にか実になった。もう二三日もすればこの鳥の翼に似た小さな実にうすい紅いがさして来るのであろうが、今日あたりまだ真白のままでいる。その実に葉に枝や幹に、雨がしとしと降っている。昨日から降っているのだが、なかなか止みそうにない。

楓の根がたの青苔のうえをば小さい弁慶蟹の子が二疋で、さっきから久しいこと遊んでいる。

ゆきあひてけはひをかしく立ち向ひやがて別れてゆく子蟹かな

貧乏首尾無し

貧しとし時にはなげく時としてその貧しさを忘れてもをる
ゆく水のとまらぬこころ持つといへどをりをり濁る貧しさゆゑに

小生の貧困時代は首尾を持っていない。だからいつからいつまでとそれを定める由もない。そんな状態であるためにほとんどまたそれに対する感覚というものをも失って居る観がある。従ってオイソレとその記憶を持ち出して来ることが困難である。止むなくこれを細君にたずね相談してみた。

流石(さすが)に彼女にはあの時はああであった、あそこではこうであったという相当に生々しい感傷がある様である。しかしそれとても尋ねられたから思い出した程度のもので、要するに亭主同様この永続的貧乏に対しては極めてノン気であるらしい。

早稲田の学校を出たのはたしか二十四歳であった。学校にいる間も後半期は郷里からの送金途絶えがちであったので半分自ら稼いで過していた。学校を出ると程なく京橋区の或る新聞社に勤めた。

月給は二十五円であった。社命で止むなく大嫌いの洋服を月賦で作ったが、ネクタイを買う銭がなく、それ抜きで着て出ていたところ――そうだ、靴をば永代静雄君のを借りて穿いたのだった――社の古老田村江東氏が見兼ねて自分のお古を持って来て結んでくれた。居ること約半年、社内に動揺があって七人ほど打ち揃うてそこを出た。そしてまた間もなく同区内の他の新聞社に出ることになった。ところが前のと違ってどうもその社内の空気が面白くなく、前社同様二十五円の月給をば二箇月分か貰ったが出社して事務をとったのは僅々五六日であった。

それから暫く浪人していてやがて短歌中心の文芸雑誌「創作」を京橋の東雲堂から発刊する事になった。編集を続けること四五ヶ月、漸く雑誌の基礎も定まる様になると月並(つきなみ)で煩雑なその仕事がイヤになり、それをば他の友人に譲っておいて所謂(いわゆる)「放浪の旅」に出た。三四年間の予定で、各地の歌人を訪ねながら日本全国を廻って来ようというのであった。

まず甲州に入り、次いで信州に廻ったところ、運わるく小諸町で病気に罹った。そしてそこの或るお医者の二階に二ヶ月ほども厄介になっていた。出立早々病気に罹った事が、いかにも出鼻を挫かれた気持で、折角企てた永旅もまたイヤになって東京へ引返して来、当時月島の端に長屋住居をしていた佐藤緑葉君の家に身を寄せた。初冬の寒い頃であった。或る日彼の細君から「若山さん、二円あるとお羽織が出来ますがねエ」と言って嘆かれた事をふといま思い出した。その前後であったのだろう、北原白秋君の古羽織を借りたが借り流しにしたかの事も続いて思い出されて来た。

それから再び「創作」の編集をやることになり、飯田河岸の、砲兵工廠の真向いに当る三階建の古印刷所の三階の一室を間借して住む事になった。あのどろどろに濁った古濠の上に傾斜した古家屋の三階のこととて、二三人も集って坐りつ立ちつすればゆらつくという実に危険千万なものであったが――実際小生がそこを立退くと直ぐその家は壊されてしまった――その時はそうした変なところが妙に自分の気持に合っていたのだ。その前後が最も小生の酒に淫（いん）していた頃で、金十銭あれば十銭、五銭あれば五銭を酒に代え飲んでいた。イヤ、それだけでなく帽子が酒になり、帯までもそれに変った。
そうしてその頃小生の詠んでいた歌は次の様なものである。

正宗の一合壜のかはゆさは珠にかも似む飲まで居るべし
わが部屋にわれの居ること木の枝に魚の棲むよりうらさびしけれ
誰にもあれ人見まほしき心ならむ今日もふらふら街出であるく
そこここの友は今しも何をして何想ふならむわれ早やも寝む
わだつみの底に青石揺るるよりさびしからずやわれの寝覚は
明けがたの床に寝ざめてわれと身の呼吸(いき)することのいかにさびしき
寝ざむればうすく眼に見ゆわがいのちの終らむとする際(きは)の明るさ
夜深く濠に流るる落し水聞くことなかれ寝ざむるなかれ
かなしくも命の暗さきはまらばみづから死なむ砒素(ひそ)をわが持つ
青海のひびくに似たるなつかしさわが眼の前の砒素にあつまる

ああした落ちつかぬ朝夕を送っていながらこういう小綺麗な歌ばかりを詠んでいたということが今からみるといかにも滑稽の感を誘うのである。

サテ、こうして順々に書いていたのでは結局一種の自叙伝を書くことになってゆく。間を端折って結婚後の事を少し書き添えておきたい。すべて貧乏史の続きならぬはないが、多少その間に色彩の変化がある様であるからである。

　私等が結婚したのは小生の二十八歳の時であった。当時彼女は新宿の女郎屋の間に在る酒屋の二階を借りて、そこで遊女たちの着物を縫って身を立てていたので取りあえずそこに同棲する事になった。謂わば亭主が女房の許に寄食した形であった。小生は小生でその頃休刊していた以前からの雑誌「創作」を自分の手で復活経営したく頻りと金を集めることに腐心していたのであった。折も折、そこへ小生の郷里から父危篤の電報が来て九州の日向まで帰らねばならぬことになった。病気は中風で次第に永引き、終にはそのまま眠ってしまった。かたがたで約一年ばかりも郷里に留り、大正二年六月上京して小石川の大塚窪町にささやかな一戸を構えた。その時はもう長男が生れていた。

　そこで或る金主がついていよいよその雑誌を再興する事になった。なるにはなったが、なかなか思う様に成績が挙らず、小生の受くる報酬なども一向に定っていなかった。それに妙に小生の家には来客が多かった。毎日五人か十人、而も一向にこちらの事にはお察しのつかぬ人たちだった。小生自身もまた前の頽廃期間の惰力から逃れ得ずに相手さえあれば二日でも三日でも酒に浸って醒めなかった。従って雑誌の方の仕事も進まず金主との間も面白くない、間に在ってただもう困るのは細君ばかりであった。初めに言った彼女の記憶というのは概ねこの大塚窪町時代に係っているのも無理ならぬ話である。幸にツイ近所に同じ様に貧しい友人が住んでいた。中の一人の若い画工などは一円でも二円でも金が手に入ればまずその一割を以て塩を買い、五分を以て胡麻を買い、残り八割五分の金で米を買って置く。米と胡麻塩とさえあれば人間決して死なないというのがこの人の言分であった。そしてそう言いながら我等の間には明朝の米今夜の米の貸借が行われていたのである。こうした貧しい同志が相隣って住んでいた事はお互いにとって少なからぬ力であらねばならなかった。

　細君はとうとう病気になった。つてを求めて雑司ヶ谷に在る慈善病院に入れたが、次第に永引きやがて医師のすすめで相州三浦半島に転地した。その頃流石に小生自身も疲れていたのでいっそ一緒に行くがよかろうと一家して移って行った。ここに来ると細君は非常に安らかな気持になったらしい。代って苦しんだは小生である。転地と共に雑誌も休刊したので、一定の収入というものから全然離れてしまった。せっせと書く原稿料とても知れたもので、歌の選料また然りであった。歌人仲間が短冊会を起して金を拵え、細君の薬代として送ってよこしてくれたもその時であった。が、ここでもまた一人貧しい友達が出来た。これはむしろ我等のあとを追って移って来た様な人たちで、同じく親子三人連で、そして同じく細君は病んでいた。

この夫婦の貧乏は我等よりもっとひどかった。「オイ、これをこれだけ借りてゆくよ」と言って主人公自身、我等の借りてる部屋の隅の炭箱から木炭を一掴み抱えて行った姿など、今でもまだ眼の前にある心地がする。

三浦を引上げたは大正五年の暮であった。

そしてその後をなお語るとすればそれはむしろ日常生活の貧乏というより雑誌発行者としての貧窮談になる。即ち多く印刷工場を相手としての苦闘史である。休刊していた「創作」をその年から自分自身の手でまたまた再興して今日まで続けて来ている道中の話となるのである。

しかし、どうしたものか小生には実のところ貧乏というものがさほどには苦にならない。よくよくの貧乏性に生れて来ているのか、その時その時ですぐ忘れてしまい得る幸福な性質を持っているのか、その場はとにかく、その前後などを考うることに於て、さほどには苦にならない。もう歳も歳だし、子供も大きくなったし、それに三界無宿（さんがいむしゅく）の身で、今少し何とか考えねばならぬのだが、考えるつもりではいるのだが、どうもまだ身にしみて来ない。おしまいまでこれで押してゆくのかも知れない。

若葉の山に啼く鳥

今月号の或る雑誌に仏法僧鳥のことが書いてあった。棲(す)むところはきまっていて夏のあいだだけ啼く鳥なのかと思っていたら、遠く南洋の方から渡って来て秋になればまた海を渡って帰って行く鳥であるそうだ。

私たちの結婚した年であったからちょうど今から十一年前にあたる、武蔵の御(み)岳山(たけさん)に一週間ほど登っていた事がある。山上のある神官の家に頼んで泊めて貰っていた。ある夜、私はそこの厠(かわや)に入っていた。普通の家のよりずっと広い厠であった。良い月の夜で、広やかな窓から冴えた光がいっぱいに射しこんでいた。そこへ聞きなれぬ鳥の声が聞えて来た。何でもツイ厠に近い樹の梢からであった。

私の癖の永い用を足して自分の部屋に帰ったが、閉め切った雨戸を漏れてなおその澄んだ声が聞えて来る。ランプの灯影にじいっと耳を傾けていたが、僅の定った時をおいて続けさまに聞えて来るその鳥の声のよさに私はとうとう立ちあがって戸外へ出た。そしてあの樹であろうと思っていた何やら大きな樹の根がたに歩み寄った。しかしその時はそことは少し離れた他の樹の梢にその声は移っていた。足音を忍ばせてその樹へ近づいて行ったが、それを知ったかどうか、またその先の杉の樹に啼き移っていた。毎晩霧の深いに似ず、その夜はまったくよく晴れて、見渡す峰という峰は青みを帯びてくっきりと冴え、眼下の谷を埋めて立ち並んでいる杉の一本一本の梢すらも見分けられそうな月夜であった。そこへその鳥の声だけがたった一つ朗かに冴えて響いているのである。鋭いというでなく、円みを持った、寂びた声で、幾分の湿りを帯びながら、石の上を越え落つる水の様になめらかに聞えて来るのである。

次第に昂奮した心で私は飽くことなくその声を追うて山の傾斜の落葉の上を這いながら立ち込んだ杉の樹の根から根を伝って行った。どうかその声の落ちて来る真下でとっくりと聴き入りたかったからである。けれど一声か二声を啼き捨てては次の樹へ移るこの鳥にはとても追いつくことは出来なかった。ほどほどで諦めてぴしょぴしょの朽葉を踏みながら宿の庭まで帰って来ると、相変らず月はよく冴え、あたかもその月の夜の山や川の魂ででもあるかの様に私にとっては生れて初めて耳にするこの不思議な鳥は澄んで寂しく聞えていたのであった。翌朝、この事を宿の人に訊くと、それは仏法僧ですと教えてくれた。

驚きと昂奮とが先に立って私はその時の鳥の声がどんな風であったかを明瞭に覚えていない。それから数年後のある初夏に山城の比叡山に登り、山上にある古い寺に滞在していた時、これによく似た鳥を聞いた。寺の僧に訊くと彼は筒鳥だと答えた。これを聞いたのは多く昼であった。昼といっても午前三時頃から啼き出すので、谷には雲がおり空には月の冴えたなかに聞いたこともあったのである。その時に書いた紀行の中にこの鳥のことをこう書いている。

日が闌(た)けて木深い渓が日の光に煙った様に見ゆる時何処(いずこ)より起って来るのだか、大きな筒から限りもなく抜け出して来る様な声で啼きたてる鳥がある。初めもなく終りもない、聴いていれば次第に魂を吸い取られてゆく様な、寄るべない声の鳥である。或る時は極めて間遠に、或る時は釣瓶打(つるべうち)に烈しく啼く。この鳥も容易に姿を見せぬ。声に引かれてどうかして一目見たいものと幾度も木の雫に濡れながら林深くわけ入ったが終(つい)に見ることが出来なかった。

筒鳥というのがこれである。

この筒鳥というのがもしかしたら仏法僧ではあるまいかと私は思っている。右に引いたある雑誌には仏法僧の姿を「鳩より心持小さく羽毛全体緑色勝ち、頭は淡黒色、嘴は朱色をして短く末端が少しく曲り、背と腹は緑色、それにコバルト色の冴えた斑があり、翼は碧緑色をして約七寸ばかり、翼と尾の端は黒く濡れ羽色をしている」と記したあとにその啼き声を書いて「ホッホー、ホーホーホーホー」という風に啼くとしてある。これだと私の聞いた筒鳥とよく似ているのだ。

しかし、いずれにせよこの鳥の啼き声は到底文字などに書き現せるものではない。声に何の輪郭がない。まったく初めもなく終りもない。そしてこの鳥の啼いている間、天も地もしいんとする様な静けさを持った寂びた声である。

これに似たものに郭公がある。これは「カッコウ、カッコウ」と二連の韻を持って啼きつづける。筒鳥よりも一層寂しく迫った調子を帯びている。同じく明け方から晴れた日の昼にかけて啼く。降る日は声が少ない。雨にふさうのは山鳩であらう。

もう一つ、呼子鳥がある。これは一層よく筒鳥に似ている。やはり文字には書けないが、まず「ポンポンポンポンポンポン」といった風に啼きつづける。筒鳥より声も調子も小さく聞える。これは夕暮方によく啼いたとおもう。

すべて若葉に山の煙るころから啼きそめる鳥である。榛名山に登る時、ずっとうち続いた小松の山の大きな傾斜に松のしんがほのぼのと匂い立っているなかに聞いた郭公なども忘られ難い。奥州で豆蒔鳥と呼ぶのはこの郭公のことらしい。

若葉といい、松のしんといい、うちけぶった五月晴の空といい、そんなことを思い浮べると、どうしてもこれらの深山の鳥の啼く声が身に浸み響いて来てならない。いま手をつけている忙しい為事を果したら早速三河の鳳来寺山に登るつもりである。この山は古来仏法僧の棲むので名高い山である。身延の奥の院七面山あたりにも啼いていることとおもう。

秋風の音

いちはやく秋風の音をやどすぞと長き葉めでて蜀黍は植う

私は蜀黍の葉が好きである。その実を取るのが望みならば余り肥料をやらぬ方がよい。しかし、見ごとな葉を見ようとならばなるたけ多く施した方がよい。書斎の窓に沿うた小さな畑に私は毎年この蜀黍を植える。今年はその合間々々に向日葵を植えてみた。両方とも丈の高くなる植物で、一方はその葉が長く、一方はその花が大きい。

一年中そうではあるが、夏は別して私は朝が早い。大抵午前の三四時には窓をあけて椅子に倚る。この頃だともう三時半には戸外がうす明るくなって来る。そのさやかな東明の微光のなかに、伸びるだけ伸びつくしたこの二つの植物が、一つは黒ずんで見えるまでの青い葉を長々と垂れて立ち、一つは今朝にも咲き出でた様に鮮かな純黄色の大輪の花を大空に向けて咲いているのを見ると、まったく眼のさめる思いがするのである。窓からさした電灯の光で見ると、蜀黍の葉の両側には点々として露の玉が宿って居り、なおよく見るとその葉のまんなかどころにちょこなんと一疋の青蛙が坐っている。不思議にこの葉にはこのお客様が来ているものである。

じいっとそれらに見入っていると、その畑の中から蟋蟀（こおろぎ）の鳴く音が聞ゆる。もうこの虫が鳴き出したかと思っていると、遠くでは馬追虫の澄んだ声も聞えて来るのである。

夏の末、秋のはじめのこうしたこころもちはいかにも佗しいものである。

愛鷹（あしたか）山の根に湧く雲をあした見つゆふべ見つ夏のをはりとおもふ

明がたの山の根に湧く真白雲わびしきかなやとびとびに湧く

畑なかの小みちを行くとゆくりなく見つつかなしき天の川かも

沼津の町から私の住んでいる香貫山の麓まで田圃の路を十町ほど歩いて来ることになる。

おりおり町に出て酒を飲む。客と共にすることもあり、独りの時もある。そしてそれは多くは夜で、その帰りは大抵夜なかの一時となり二時となる。

ただ独りして田圃中の路を帰って来る気持を私は好む。

帰って来る路の片側には小さな井手が流れている。ほんのちょろちょろとした小ながれにすぎぬが、水は清らかで、水辺には珠数草と蛍草とが青々と茂っている。

酔った身体の重い足取で、その井手のそばに通りかかると、珠数草の根を洗いながら流れている水のせせらぎが耳につく。一度、小用をするか何かでそれに耳にとめて以来、いつか癖となって通りかかるごとに気を附ける様になったのかも知れぬ。昼間や、用事を持った時にはほとんど忘れている小流が、そうした場合にのみ必ずの様に耳について来る。

下駄をぬいで揃えてそれに腰をおろす。足は自ずと蛍草の茂みにだらりと垂れることになるのである。そうして何を見るともなく、聴くともなく、幾らかの時を過す。時としては、一時間前後もそうしてぼんやりしていることがある。水の音の静かなのが身に沁みるのではあろうが、さればとてわざわざそれを聴こうとするでもない。ただそうして酔った身体を休めて風に吹かれるのが嬉しいのらしい。夜なかの一時二時となるともう人も通らない。広い田圃のただ中に煙草を吸うのも忘れてそうした時間を送ることは酒の後でなくては出来ず、また夜なかでなくては出来ぬ話である。

野末なる三島の町の揚花火月夜の空に散りて消ゆなり
うるほふとおもへる衣（きぬ）の裾かけてほこりはあがる月夜の路に
天の川さやけく澄みぬ小夜更けてさし昇る月の影は見えつつ

路ばたの木槿は馬に喰はれけり　（芭蕉）

この句は私の大好きな句である。延（ひ）いて木槿の花も好きなものの一つとなった。秋の来たのを知らせる花でまず咲き出すのはこの木槿であろう。夏のうちから咲くのであるが、彼の「土用なかばに秋風ぞ吹く」のこころもちで、どんな暑い盛りに咲いていてもこの花には秋のこころが動いている。紫深い、美しくてさびしい花である。

走り穂の見ゆる山田の畔ごとに若木の木槿咲きならびたり
畑の隈風よけ垣の木槿の花むらさき深く咲き出でにけり

梅の花　桜の花

きさらぎは梅咲くころは年ごとにわれのこころのさびしかる月

梅の花が白くつめたく一輪二輪と枯れた様な枝のさきに見えそむる。吹きこめた北の風西の風がかすかな東風(こち)にかわろうとする。その頃になるときまって私は故のない憂鬱に心を浸されてしまう。

眼をあけているのもいやだが、しかも心の底は明るく冷やけく澄んでいる。為事のいやになるのもこの頃である。煙草のいいのを喫いたくなるのもこの頃である。

あたりの木々も、常磐樹ならば金属の様に黒く輝き、落葉樹ならばただ明るく静けく枯れた様に立っている。根がたの草はみなひとしく枯れ伏してうすら甘いその頃の日ざしを含んでいる。そうしたなかに一りん二りんと咲き出づる梅の初花を私は愛する。

年ごとにする驚きよさびしさよ梅の初花を今日見出でたり
梅咲けばわがきその日もけふの日もなべてさびしく見えわたるかな
梅の花はつはつ咲けるきさらぎはものぞおちゐぬわれのこころに

しかし何といっても春は桜である。それもお花見場所の埃っぽいのは花のおもいがせぬ。静かな庭に咲き出でた一本二本、雨の後などとりわけて鮮けく、照り澄んだ日ざしのなかにほくらほくらと散り澄んで輝いているのもいい。

夕霽（ゆふあがり）暮れおそきけふの春の日の空のしめりに桜咲きたり
雨過ぎししめりのなかにわが庭の桜しばらく散らでぁるかな
ひややけき風をよろしみ窓あけて見てをれば桜しじに散りまふ
春の日のひかりのなかにつぎつぎに散りまふ桜かがやけるかな

そういううちにも私はほんとうの山桜、単弁の、雪の様に白くも見え、なかにかすかな紅いを含んだとも見ゆる、葉は花よりも先に萌え出でて単紅色の滴るごとくに輝いている、あの山桜である。これは都会や庭園などには見かけない、どうしても山深くわけ入らねばならぬ。

うす紅（べに）に葉はいちはやく萌え出でて咲かむとすなり山ざくら花
花も葉も光りしめらひわれのうへに笑み傾ける山ざくら花
かき坐る道ばたの芝は枯れたれやすわりてあふぐ山ざくら花
うらうらと照れるひかりにけぶりあひて咲きしづもれる山ざくら花
刈りならす枯萱山の山はらに咲きかがよへる山ざくら花

温泉宿の庭

旅といっても、ほんの一夜泊の話なのですが——。

私のいま住んでいます沼津から程近く、六七ヶ所の温泉があります。なかの吉奈(よしな)温泉から、病気でいまここに来ている、おひまならお遊びにおいで下さいませんかという思いがけない手紙がF——さんから来ました。F——さんは我々の歌の社中の人で、そして踊りの師匠として世に聞えた婦人なのです。夙(と)うから病気入院中の事をば知っていたが、もう湯治に出かけられる様になられたかと喜びながら私は早速家を出て、夕方早くその宿に着きました。

田舎に似合わぬ大きな宿ですが、その最も奥まった一室が——Fさんの部屋でした。きちんと片附いたなかに思ったよりもなお元気よく美しく坐っておいででした。縁側からすぐ小さな池となり、池の向うが築山、築山の向うはもう天然の山で峻しい坂に鬱蒼と樹木が茂り、その茂みの中にはよそから引かれたのでしょう、きれいな岩を伝うて愛らしい滝となって流れ落ちていました。

少しくらいなら歩きたいとの事で食事後、打ち連れて近所を散歩しました。宿から一二町も歩くとすぐ真青な稲田で、稲田の向うに渓が流れていました。もう八月に入っていましたに何という蛍の多さだったでしょう、稲田のうえ一面、それこそ歩いている我等の顔にも来てあたりそうに、点りつ消えつ静かに静かにまい遊んでいるのです。それでいて私にはただ美しいとか見ごとだとかいうより何やらしみじみした寂しいものに眺められたのでした。やはりもう秋の蛍という様な感じがどこかに動いていたに相違ありません。蛍の話、歌の話など、一つ二つ語り合ってほどほどに宿に帰り、やがて私は私の部屋に引き上げました。部屋は築山や池を中に斜めにF――さんの所と向き合っていました。そとから入れば流石(さすが)に部屋は暑苦しく、一度入った蚊帳から出て、縁側に腰をかけていると、山から降りてくるひややかな風、滝のひびき……

みじか夜をひびき冴えゆく築庭(つきやま)の奥なる瀧に聴き恍(ほ)けてゐる
灯火のとどかぬ庭の瀧のおとを独り聴きつつ戸を閉(さ)しかねつ

翌日は半日あまりF——さんの部屋で遊びました。そして、眼前の景物を題に一首二首と詠むことになりました。F——さんにも面白いのが出来たのでしたが、惜しい事にはいま思い出せません。

水口につどへる群のくろぐろと泳ぎて鮒(ふな)も水もひかれり
いしたたきあきつ蛙子あそび恍(ほ)け池にうつれる庭石の影
まひおりて石菖のなかにものあさる鶺鴒(いしたたき)の咽喉の黄いろき見たり
庭石のひとつひとつに蜥蜴(とかげ)ゐて這ひあそぶ昼となりにけるかな

或る日の昼餐

或る日の午前十一時頃、書き悩んでいる急ぎの原稿とその催促の電報と小さな時計とを机の上に並べながら、私は甚だ重苦しい心持になっていた。

机に両肱をついて窓のそとを見ていると頻(しき)りに桜が散っている。小さな窓から見える間に一ひらか二ひらか、若(も)しくははらはらとうち連れて散り乱れているか、その花片の見えない一瞬間だに無い様に、ひらひら、ひらひら、はらはらと散っている。曇り日の湿った空気の中に何となく冷たい感触を起しながら、あとからあとからと散っている。割合に古木の並んだ庭さきのその木の梢にはまだみっちりと咲きかたまっているのだが、今日はもう昨日の色の深みはない。見るからにほの白く褪(あ)せている。その褪せた花のかたまりの中から限りもなげに小さな花びらが散り出して来るのである。

「今年の桜もきょうあたりが終りかナ。」

そう思いながら私はとうとうペンを原稿紙の上に置いて立ち上った。そして窓際の椅子に行って腰掛けた。見れば窓下の庭も、庭つづきの畑も、いちめんに真白になっている。たまたまあたりの木等に冷たい音を立てながら風が吹いて来ると、ほんとに眼の前に渦を巻いて花の吹雪が乱れたつのである。

少し身体を前屈みにすると真白な桜木立の間に香貫山が見える。その円みのある山を包んだ小松の木立もこの数日急に春めいて来た、というより夏めいて来た。山いちめんの小松原の色がありありとその心を語っている。黒みがかったうえにうす白い緑青を吹いているのである。

何ということなく私の心は静かに沈んで行った。そして頻りに山の青いのが親しくなった。時計を見るとかれこれ十二時である。あれこれと考えたすえ、私は椅子を立った。

茶の間に来てみると妻は裁縫道具を片づけていた。昼飯を待って両人(ふたり)の小さな娘はもうちゃんとそこに来て坐っている。

「済まないが、お握りを三つほど拵(こしら)えてくれないか、海苔に包んで……」

不思議そうにこちらを見上げた妻は、やがて笑いながら、

「どこにいらっしゃるの。」

と訊いた。

「山に行ってお昼をたべて来ようと思う。ウイスキーがまだ残っていたね。」

その長い罎を取り出して見ると、底の方に少し残っていた。それを懐中用の小型の空罎に移して、坐りもせずに待っていると真黒な握り飯が出来て来た。

「おさいが何もありませんが……」

「沢庵をどっさり、大切りにして入れておいてくれ。」

それらを新聞紙に包んで抱えながら裏木戸から畑の中へ出た。

畑つづきにその山の麓まで私の家から五丁と離れていないのだ。畑には大抵百姓たちが出ていた。麦は穂を孕(はら)み、豌豆(えんどう)には濃い紫の花が咲いている。附近の百姓家からでも来るのか、そんな畑の中にも桜の花片の散っているのが見られる。古い寺の裏を通りすぎて登りかかる道はこの海抜六百六十尺の小山に登る四つ五つの道のうち、最も嶮しい道である。しかし、それが私の家からは一番近い。

小山ながら海寄りの平野に孤立して起った様な山なので、この頂上からは四方の遠望が利く。北東には真上に富士が仰がれる。が、その山の形よりその裾野の

広いのを眺めるのに趣きがある。次第高になってゆく愛鷹（あしたか）と足柄（あしがら）との山あいの富士の裾野がずっと遠く、ものの五六里が間は望まれるのである。しかし、その日は私は頂上まで行きたくなかった。そこではどうしても気が散りがちであるからだ。そして中腹の、やや窪みになった所に行って新聞包を置いた。

そこにはやはり他の場所と同じく一面の小松が生えて、松の下には枯草が程よく地を覆うている。よく私の行く所なので多分私が吸いすてたに相違ない煙草の吸殻などが枯草のかげに落ちている。蜜柑の皮の乾びたのも見えた。そこからは海を見るに都合がいい。ことに広い駿河湾一帯よりも直ぐ眼の下に見える江の浦の細長い入江を見るに恰好（かっこう）な所に当っている。

「やれやれ」

何という事なく独り言を言いながら、私はそこにつき坐った。そして煙草に火を点けた。

入江を越した向うの伊豆の連山には重い白雲が懸っていた。上は濃く、下は淡く、そしてその淡いところだけがかすかに動いている様に見えた。山かげの入江の海はいかにも冷たく錆び果てて、どこをたずねても小波ひとつ立って居ようとも思われなかった。不思議とまた、いつもは必ず二つか三つ眼につく発動船も小舟も一向に影を見せなかった。入江に沿うたこちら側の長い松原の蔭には萼(がく)ばかりが散り残っている様な桃の畑が湿り深い空気の中に気味悪い赤味を帯びて連り渡っていた。

ふところから小さな罎を取り出すと、一二杯続けてウイスキーを飲んだ。重い曇りの底を吹くともなく吹いている風は、ことに山の上だけに相当に寒かった。一杯二杯と続けているうちに、ぽつりと冷たいものが額に当った。気をつけると袖にも足袋にも小さな雨が降っている。しかし真上の空は青みこそ無けれいかにも明るく晴れているので、私はそのままぼんやりと海を見ながら盃をなめていた。幾らかずつ廻ってゆく酒の酔は次第に心を静かにし、眼さきを明らかにしてゆくのであった。

が、終(つい)にあたりの葉の深い松の木を探してその蔭に引込まねばならなかった。急に雨の粒が大きく荒くなって来たのである。しかし、一度落ち着いた心持を撥(はじ)き立てるほどの降りかたでもなかった。松の蔭に入ると、惜しいことには海は見えなくなった。そして、小松のことで、真直ぐにしゃんと坐っていることも出来なかった。前くぐみになりながら片手に持った小罎の酒は不思議なくらい減りかたが遅かった。罎を持ったまま、片手で新聞包を開いて沢庵をつまみ握飯にも手をつけるのだが、それでもなかなか尽きなかった。

　次第にあたりの松の葉が濡れて行った。それぞれの小松のそれぞれの枝のさきにはいずれにも今年の新しいしんがほの白く伸びている。淡い緑のうえに白い粉を吹いた様なその柔かなしんのさきにはまた、必ず桃色か紅色の小さな玉が三つ四つずつ着いていた。露ほどの大きさで紅色の美しいのもあり、既に松かさの形をして紅いの褪せているのもあった。それに微かに雨がそそいでいるのである。また、枯草の中には真紅なしどみの花が咲いていた。濡れた地べたにくっ着いたまま、勿体ない清らかな色に咲いている。

　帽子のさきに垂れている松の葉のさきからぼつりぼつりと雫が垂りだした。まだしかし羽織の袖は充分には濡れて来ない。幾度かすかして見る罎の底にはまだ少量の酒が残り、むしろ海苔の握飯の方が先に尽きかけた。心はいよいよ静かに明るく、あたりの木も草も、真直ぐに降る山窪の雨の白さも、みな極めて美しい眺めとなって来た。

「燕！」

　私は思わず声に出して、自分の前の山合にまい降りてはまた高くまい上ってゆく小さな鳥に眼をとめた。まったくそれは今年初めて見る燕の鳥であった。

「来たなア」

そう思いながら私は松の蔭に這い出して行った。

一羽、二羽、三羽と続いてその身軽な鳥は真青な小松の原を渡っているのだ。

幸いと雨は晴れて来た。急に輝いて見える伊豆の山の白雲の蔭の海の色は山の根だけ日本刀の峰などに見る青みを宿し、片側の広い部分にはさらさらとして細かな波を立て始めていた。

桃の実

武蔵から上野（こうずけ）へかけて平原を横切って汽車が碓氷（うすい）にかかろうとする、その左手の車窓に沿うて仰がるる妙義山の大岩壁は確かに信越線中での一異景である。ちょうどそのあたり、横川駅で機関車は電気に代る。そして十分か十五分の停車時間がある。弁当売の喧しい声々の間に窓を開いて仰ぐだけに、空を限って聳え立ったこの異様な山の姿が一層旅心地を新たにする様だ。

駅から発車して間もなく、同じ左手にかなり強い角度を以て碓氷川へ傾斜している桑畑か何ぞの中に坂本という旧い宿場が見下さるる。今は横川駅の影響ででもあるか、幾らか賑って居る様に見ゆるが、まだ汽車が蒸気機関車の煤煙と共に碓氷の隧道（トンネル）に走り入っていた頃は、まるで白晒（しらさ）れた一本の脊髄骨の捨ててある様な、荒れ果てた古駅であった。明治四十一年の真夏、私は軽井沢を午後に立って碓氷の旧道を歩いて越え、日没頃にその坂本に入った。碓氷峠を挟んで西と東、軽井沢と共に昔の中山道では時めいた宿場だったに相違ないそこなので一軒くらいはあるであろうとあてにして来た宿屋がまるで無かった。ただ一軒、蔦屋といったと思う、木賃宿があった。爺さんと婆さんとに一度断られたのを無理に頼んで泊めて貰うことになった。

酒を取って来て貰ったが酸くて飲めない。麦酒を頼んだが、そんな物はないといって取合わない。せめて葡萄酒でもと今度は自分で探しに出たが、全く何も無かった。そして代りに焼酎を買って来た。酸くないだけでも遥かにましであった。夏も火を断たぬ大囲炉裡で爺さんを相手に飲んで床に入った。宿は爺婆だけで、他に誰もいなかった。息子も娘もあるのだが、土地には何もする用がないので皆出稼ぎに行っているのだそうだ。

ほんのとろとろとしたと思うと眼が覚めた。湧く様な蚤の襲撃である。一度眼が覚めたと共にもうどうしても眠れない。時計を見るとまだ宵の口だ。私は戸をあけて、月の出た石ころ道を少し歩き下ってまた焼酎を買って来た。も少し酔って眠ろうとしたのである。

翌朝、まだ月のあるうちにその宿を立った。そして近道をとって妙義山へ登ろうとした。一度碓氷川を渡って少しゆくと、また一つの谷を渡らねばならなかった。そこには橋が流れ落ちていた。二三日前の豪雨のためで、まだその時の水量が相当に残っていた。残りは爺さんの置土産にしようと思って買って来た焼酎をあらかた私は飲んでしまっていたので、その頃もまだ充分に酔っていた。普通ならばあと戻りをしたであろうが、その酔が躊躇なく私を裸体にした。そして頭に着物と荷物とを押し頂いて、しかも下駄を履いたままその谷川の瀬の中へ入って行った。

山谷の事で、流の中に隠れている石は二抱え三抱えの荒石ばかり、少年の頃の経験からその岩の頭を拾って足を運ばうとしていたのであったが、洪水の名残は思いのほかに激しく、僅か七八歩も踏み出したと思うと、忽ち私は途方に暮れた。そして自信力の失せると共に、何の事もなく私は横倒しに倒れてしまった。倒れたまま三四間が間くるくると押し流された。辛うじて瀬の中に表れた大きな岩と岩との間に踏み止った時には、私の手には帯でくるんだ着物だけが僅かに残っていた。書籍手帳その他を入れた手馴の旅行袋も、帽子も下駄も、面白い勢いで二三間さきをくるくると流れて行きつつあったが、もう手を出す勇気は無かった。

見ればそこから七八間下を碓氷川の本流が中高に白渦を巻きながら流れて下っていた。そこまで落ちてゆけば、荷物はおろか、自分自身の運命も大抵想像出来るのであった。

這い上った岩は自分の渡ろうとした向う岸に近かった。必死の覚悟で、再び流の中に入ってゆくと、速く下駄をぬげばよかったと悔まれたほど、意外に楽に渡り上ることが出来た。渡り上ると共に濡れた着物を乾かす智慧も出ず、長い間私は石の上につき坐って息を入れた。そして束ねたままで雫の垂れるそれを着て――財布と時計とが袂の中から出て来たのが無闇に嬉しく勇気をつけてくれた――とぼとぼと歩き出した。

そこは妙義の麓の、かなり深い雑木林に当っていた。雨のあとの、それでなくとも湿っぽい林の中の道を濡れそぼたれた白地の浴衣で、下駄も履かず、ぴしゃぴしゃぴしゃぴしゃ歩いてゆく姿は、われながら年若いあわれな乞食を想わせられた。幸いに人に逢わなかったが、半道も歩いた頃、向うから大きな笊を提げて来る年寄の百姓を見た。初め彼は気がつかなかったが、行き違おうとする頃になって私の姿を見て喫驚した。お互いに黙礼して行き違いさまに見るとその笊には桃がいっぱい入れてあった。何の気なく行きすぎたが、私は急にその爺さんに声がかけてみたくなった。そして、そのまま振返って見ると、爺さんもちょうどこちらを見ようとした所であった。

「ア、ちょっと、お爺さん！」

爺さんは明らかにびくりとした。が、流石に私の声を聞いて走り出すまでにはならなかった。返事はしなかったが、立止って不安さうに振返った。

「その桃を二つ三つ売ってくれませんか。」

そう言いながら、二三歩私は歩き戻った。

「桃かね。」

爺さんもそう言って、無理に笑おうとした。

「今朝、宿屋で御飯を待たずに出て来たのでおなかがすいて困るのです。それに、そこの谷でこんなになって……」

袂をあげて見ると、まだしとしとと濡れていた。

「ハハア、さうかね、そこの谷でかね……」

爺さんの声も漸く落ちついて来た。そして私が財布をとり出すと、

「二つ三つなら銭はいらねエ、ただ上げますべえよ。」

と歯の無い、皺深い顔で、ニコニコと笑いながら片手で桃を掴んでくれた。

「いいえ、それじゃァ困る……、ではこれだけ取っといて下さいな。」

つまみ出した十銭銀貨もまだ露っぽかった。

「ううん、そんなにヤいらねエ、おつりもねエ。」

爺さんは惶(あわ)てて手を振った。

「ではもう二つこれを下さい。」

と手ずから私は桃を取った。そして、何ということなく爺さんをそこに呼びとめておく事が気の毒になったので、

「どうも難有(ありがと)う、お蔭で元気が出ましたよ、さようなら！」

と帽子のない頭を下げながら、急ぎ足に歩み出した。爺さんはなお暫く立っていたが、やがてこれも、あちら向きにしょぼしょぼと歩き出した。

私は惶てて一つの桃に歯をあてた。大口に嚙み欠かれた桃の頭は、実に滴る様な鮮かな紅いの色をしていた。全く打ち続けてその汁を吸り取る様に私は口をつけた。

一つ二つと夢中に嚙んで、ひょっと上を見るといつか疎らになった林の真上いっぱいに例の妙義の岩山が真黒い様に聳え立っているのが見えた。

春の二三日

くもり日は頭重かるわが癖のけふも出で来て歩む松原

三月××日

千本松原を詠んだなかの一首にこんな歌があったが、きょうもまたその頭の重い曇り日であった。朝からどんよりと曇っていた。

非常に急ぎの歌の選をやっていたが一向に気が乗らない。五首見て一ぷく、十首見ては一服と煙草ばかり吸っていつの間にか昼近くなっていたところへ、近所の服部さんの宅から使が来た。庭の紅梅が過ぎかけたから見にいらっしゃい、一緒にお昼をたべましょうという事である。赤インキのペンをさし置いて早速立ち上った。そして使の人の帰って行くうしろからてくてくと歩いて行った。

紅梅はまだ真盛りであつた。かなりの老木で、根もとから直ぐこまごまと八方に枝を張り渡した、丈の余り高くない木にいちめんに咲いている。花もまた枝と同じくこまごまと小さく繁く咲いているのである。花の向うには低い杉の生垣、生垣を越しては直ぐ香貫山の麓が見える。全山ことごとく小松原であるこの山も麓の方には稀に櫟林（くぬぎばやし）や萱の原がある。紅梅を見越しての麓の原はちょうどその櫟の林となっていた。まだ落ちやらぬその木の枯葉の背景が、その紅いの花をひどく静かなものに見せている様であった。紅梅のめぐりにはなお四五本の白梅が半ば散りかけて立ち並んでいる。

お昼は目下伊予の松山から来訪中で、近くこの家の主人と結婚さるべき桜井八重子嬢の手料理であった。障子をあけ放つには少々寒さのきびし過ぎる今日の日和であるだけに、温い酒の味は一層であった。少し健康を害して暫く東京より帰郷中である主人公にはお構いなく、私はほとんど手酌で手早く杯を重ねて行った。

その書斎には犬養木堂翁の額がかかっていた。国民党宣伝部理事である人の書斎に翁の筆のあるのは当然として、またその筆致のよしあしは別として、私にはその文句が目についた、ただ大きく「不惑不懼不憂」と書いてある。その静かな境地を思い浮べながらその事を言うと、イヤそれはこれを書いた当人と思い合せるとなお一層この言葉が生きて来るということであった。そう答えながら服部さんは「そうだ、古奈の犬養さんの別荘に或る軸物の箱書が頼んであるんだが、食事が済んだらそれを受取りかたがた古奈まで遊びに行ってみませんか。そしてそこの温泉に一つ入って来ましょう、犬養さんは来ていませんが兎に角もう出来てる筈です、行ってみましょう、八重さんも行きませんか。」

　と言い出した。

ひとまず沼津の町へ出て、そこから自動車で古奈に向った。里程三四里、程なく二升庵の門前に着いた。小さな岡の根に、高田早苗、鈴木梅四郎両氏の別荘と相並んで名前は前から知っていたこの二升庵は在るのであった。まだ附近の開けなかった昔、米二升さえ持って来れば誰でも泊めるというのでこの珍しい庵の名はつけられたものだそうだ。

　箱書は出来ていた。蓋には漢文で、由来箱書などは卑俗な茶人共の為す業である、それを自他ともに新人を以って許す服部純雄君が求めてくるとは以っての外の話である、大隈侯病篤しと称えられ余もまた病褥（びょうじょく）にある日、という風な事が細字で認められてあった。

甚だ失礼だとは思いながら、この留守宅の湯殿に滾々と湧いている温泉に身を浸した。彼の老政治家が何か事を案ずる際には常に人目を避けてこの別荘に籠るという。必ずこの湯槽の縁の石に頭を凭せて静かに思いを纏めらるるに相違ないなどと思うと、同じ温泉でもこの清らかな湯がよそならぬものの様に思いなされて、ただ静かにただつつましく浸っていた。

やがて待たせてあった車に乗って、夕闇の降りて来た下田街道を徐ろに走らせた。道は田圃の中にあって、直ぐかつ平かである。湯上りのつかれごころで三人とも多く無言のままの車の窓に、近く右手に赤々とうち広がった野火のほのおが見渡された。箱根山の枯草を焼くものである。

四月×日

東海道五十三次のうち丸子の宿はとろろの名物ということをば古い本でも見、現在でも作っていることを人から聞いていた。そのとろろ汁が私は大の好物である。あまり暖くならぬうち一度是非行ってみたく、ついでにそこの宇津の谷峠をも越えてみたいと思ううちにいつか桃の花が咲いて来た。ぐずぐずしてはいられないと急に思い立って、その頃私の宅に来て勉強していた村松道弥君を連れ朝まだ月のある頃に沼津の町を過ぎて千本松原に入り込んだ。松原の中に通じている甲州街道をずっと富士川まで歩いて行こうというのである。どうしてこの松原の中の道を甲州街道というか、或いはまだ東海道の出来ぬ以前にここにこの道があり、末は駿州から富士川にでも沿うて甲州の方へ入っていたものかも知れぬ。兎に角現在の汽車道は昔の東海道に沿い、その東海道は沼津から富士川の岸に到るまで三四里の間この千本松原に沿うている。そしてその松原の中に細々として甲州街道と称えらるるこの小径がついているのだ。街道とは名ばかりで、ほんの漁師共の通うにすぎぬものではあるが、五町十町と私はこの松原の蔭を歩くのが好きであった。そしていつかこの小径のはずれまで、言いかえれば富士川の川口で尽きている松原のはずれまでぼつぼつと歩いてみたいものと思っていた。名物の名残を喰いに今は亡んだ宿場まで出かけるならいっそ汽車をよして歩くがよく、歩くならば月並（つきなみ）な東海道を歩くよりこの人知れぬ廃道を行った方がよかろうという両人の間の相談からではあったが、要は静かな海岸沿いの長い長い松原を歩き尽したいというにあった。

　松原に入った頃はまだ薄暗かった。松はただしっとりと先から先に立ち並んで、ツイ左手近く響いている浪の音もあるかなしかの凪ぎである。やがて空の明るむにつれて、高々と枝を張っている松の梢を透して真白な富士が見えて来た。そして同じくその右手の松の根がたに低く続いた紅いの色が見え出した。今を盛りに咲き揃った桃の畑である。松原の幅は百間から二百間、その間にほぼ中央にではあるが、時には右寄り左寄りに我等の歩く径が通じている。その径の都合で深い木立を透して花を望むことにもなり、時には松原から出て真向いにこの美しい畑と相向うことにもなる。畑の幅もおおよそ二三町のもので、それが続きも続いたり、松原の見ゆる限りは同じ様にこの燃え立った花の畑が東西にかけてうち続いているのである。一体に静浦沼津から原にかけ、桃の名所と聞いていたが、こうまであろうとは思わなかった。花がなければ桑の畑も同じに見ゆるので、今まで気がつかなかったものであろう。何しろ、この松をとおしての桃の花見は今日の旅に思いがけぬ附録なので、両人とも早や何とならぬ旅めいた浮かれ心地になって松原の中の径を急いだ。

が、何しろ浜の松原である。歩いている小径はすべて浜から続いた石ころ道で、しかも砂気のない拳大の小石ばかりが揃っている。初めは快く歩き出したものの、ものの一里も歩いて来ると早や草鞋（わらじ）の裏が痛くなった。「浜へ出てみようか」と言いながら松原を左に抜けて、白々とした荒浜に出てみると駿河湾の輝きが眼の前にあった。麗かな日ざしに照らされた海面からは靄（もや）とも霞ともつかぬものがいちめんに片靡（かたなび）きに湧き立って、左手向うに突き出ている伊豆半島の根にかけうっすらと棚引いている。それと向い合う筈の御前崎（おまえざき）のあたりは全く霞み果てて影も見えず、僅かに手近の三保の松原が波の光の上に薄墨色に浮んで見える。ちらちらと寄する小波も全くこんな大海の岸であるとは思われぬ凪である。見ている瞳は自ずと瞑（と）ざされ吐く呼吸は自ずと長く、いつか長々と身体をも横たえたい気持となる。

　また松原の中の小径に帰って歩き出したが、桃の花は相変らずそこに美しく見えているが、兎に角に痛い足の裏である。なまなかにいま投げ出して休んだだけ、一層に痛みを感じ出して来た。終（つい）に我を折って桃畑の向うに町の家並の見え出したを幸いにそちらへ向けて松原から出てしまった。そしてその町の取っ着きから平坦を極めた広やかな大道を伸び伸びとして歩き出した。即ちそこは五十三次のうち沼津の次に当る原の宿であったのだ。

　一筋町の細長いそこを離れると、いよいよ広重模様の松並木が道の両側に起って来た。並木を通して右手真上には富士、左には今までと反対に桃畑を前にした松原が見えている。道のよさに歩みも早く、いつか鈴川近くなったが、おおかた田子の浦はこの辺に当ると聞いていたので道を左に折れ、この辺よほど木立の疎くなった松原を抜けて浜へ出てみた。浜の砂は先程休んだあたりの小石原と違ってこまかい真砂であった。そして浜はずっと広くなってつぎつぎに低い砂丘が起伏して居る。松原つづきの小松が極めてとびとびにそれらの砂丘に散らばり、所によってはそれとも見えぬ痩麦がやはり畝(うね)をなして植えられていた。一帯の感じが何となく荒涼としていて、田子の浦という物優しい名の連想とは全く異っているのを感じた。振向くと見馴れた富士の姿も沼津あたりとは違って距離も近く高さも高く仰がるるのであった。傍(かた)えに富士川があり、前にこの山を仰ぎ背後に駿河湾を置いた眺めは太古にあっては一層雄大なものであったに相違ないと思われた。

　思わず長い時間をそこで費し、また街道に出て暫く行くと道はややに海岸を離れて愛鷹山(あしたかやま)の根に向う形になる。そしてその向うに吉原宿の町が見えている。なるほどここでは広重の絵の左富士を想わす角度にその山を仰ぐのであった。しかし、我等は吉原には行かず、鈴川駅から汽車で富士川を渡り、蒲原の宿で降りて、またてくてくと歩き出した。

　蒲原から由比にかけては道は直ちに海に沿うた山の根をゆくのであった。海岸には土地名物の桜海老がうす赤く乾し並べられ、山には一帯に植え込まれた蜜柑畑の間に、とびとびに山桜が咲いていた。由比を出抜くる時、惜しい事に薩埵峠の旧道を越すのを忘れて、汽車沿いの磯端を歩いてしまった。そして汽車の隧道のあるあたりでは、浪打際に降りて手を洗ったり貝を探したりして戯れた。

今日は興津泊りの予定であったが、まずそこの園芸試験場に知人を訪ねてみると伊豆の方へ旅行して留守だというので、まだ日は高いしいっそ静岡まで伸して置こうと急ぎ足に宿はずれの清見寺に詣で、早速汽車に乗ってしまった。日は高くとも、もう脚の自由はきかなくなっていたのだ。

静岡駅を出ると細かい雨が降っていた。思いがけぬ事であったが、悪い気持はしなかった。駅前通りの宿屋によって、湯上りの労れた脚を投げ出しながらちびちび酒を呑んでいると、雨はいよいよ本降りになって来た。ちょうど宿屋の前に何やらの神社があって四五本の桜がその庭に咲き綻び、しょぼしょぼと雨に濡れ、まだうす明るい夕方の灯に映っている眺めなど、何だか久しぶりに旅に出ている様な気持を誘って自ずと銚子の数を増して行った。

遅い夕飯を終った頃、幸い雨間となっていたので出て七間町あたりを彷徨い、カフェーパウリスタという名を見附けてそこへ寄った。ひどく酔った末、明朝訪ねるつもりであった法月（のりつき）俊郎君方に電話をかけると、彼は驚いて弟浩二君と共にそこへやって来た。そして更に一杯飲み直し、十二時すぎて宿に帰った。

朝眼が覚めるとばしゃばしゃという雨の音である。どうしようかと、枕のままで永い間村松君と今日の事やら無駄話をしていたが、幾らかずつ明るんで来る空を頼みに、予定通りに出懸けることにきめた。法月君方に立寄ったが、濡草鞋を解くがめんどうさに店先に立話をして別れて行こうとすると、それでは私も丸子まで出かけましょう、幸いその側に吐月峰がありますからそこへも寄ってみましょうという。吐月峰（とげっぽう）とは可笑しな名だと思いながら問いかえすとそういう名のお寺で、もとその寺から例の灰吹を作り始めたとかいうことだという。

びしゃびしゃと三人雨の中を歩き出したが、明るむどころかますますひどい降りである。我等はどうせ濡れる覚悟の尻端折（しりはしより）だが、足駄ばき長裾の法月君にはいかにも気の毒であった。名物の安倍川餅屋が安倍川橋の袂にあって、大きな老木の柳のみどりがその門におおらかにそよいでいた。法月君にすすめられたが、まずまず先きの芋汁を楽しみに餅だけは割愛する事にして橋にかかった。随分長い橋である。横飛沫（よこしぶき）の傘の蔭から見る川上の方に、これもこの辺の名所の木枯の森というのが川原の中に見えた。

歩くこと二里ばかり、丸子の宿は低い藁屋の散在している様な古駅であった。宿(しゅく)はずれの小川の橋際に今はただ一軒だけで作っているというとろろ汁屋にとろろを註文しておいてそこから右折、四五町して吐月峰に着いた。まず小さな門を掩うている深々しい篁(たかむら)が眼についた。そしてその篁の蔭には一二本ずつの椿と梅とが散り残って、それに幾羽とない繡眼児(めじろ)が啼き群れていた。門を入ると、泉水から続いた裏の山に山桜の大きいのが二本ばかり、二分三分咲きかけているのが見えた。花も莟もいいが、ことに雨に濡れていよいよ柔らかな薄紅色にそよいでいる若葉が何ともいえず美しかった。法月君と知合らしい住職は留守であったが、通された部屋で暫く休んだ。寺とはいっても謂わば庵で、造りも小さく、年代も余程古寂(ふるさ)びていた。土地の有志たちは目下この由緒ある建物のすたれるのを惜んでとりどりに修繕費募集中であるそうだ。

　庭も同じく小さなものであるが如何にも静かに整った寂びたものであった。一帯の造りが京都の銀閣寺の庭に似ているのでその事を法月君に話すと、この庵を結んだ人は足利義政に愛せられた人で、現に庭先を囲んでいる篁の竹などもわざわざ嵯峨から持って来て植えたものなのだそうだ。かすかに池に音を立てて降り頻っている雨を、またその雨の中に折々忍び音に啼いている小鳥を聴いていると、もうとても宇津の谷峠を越して行く気分がなくなってしまった。

　先のとろろ汁屋に帰ってその名物を味わった。とろろ屋といえばよく聞こえるが実際は一膳飯屋が好みに応じて作るとろろ汁なのである。それにもう季も過ぎているし、確かに名物に何とやらの折紙ではあったが、ツイ窓際近く迫っている山に白雲の去来するのを眺めて一杯二杯と重ねてゆく地酒の味と共にやはり拙いと言い切ることの出来ぬものではあった。

青年僧と叡山の老爺

一週間か十日ほどの予定で出かけた旅行からちょうど十七日目に帰って来た。そうして直ぐ毎月自分の出している歌の雑誌の編集、他の二三雑誌の新年号への原稿書き、溜りに溜っている数種新聞投書歌の選評、そうした為事(しごと)にとりかからねばならなかった。昼だけで足らず、夜も毎晩半徹夜の忙しさが続いた。それに永く留守したあとのことで、訪問客は多し、やむなく玄関に面会御猶予の貼紙をする騒ぎであった。

或る日の正午すぎ、足に怪我をして学校を休んでいる長男とその妹の六つになるのとがどやどやと私の書斎にやって来た。来る事をも禁じてある際なので私は険しい顔をして二人を見た。

「だってお玄関に誰もいないんだもの、……お客さんが来たよ、坊さんだよ、是非先生にお目にかかりたいって。」

坊さんというのが子供たちには興味を惹いたらしい。物貰いかなんどのきたない僧服の老人を想像しながら私は玄関に出て行った、一言で断ってやろう積りで。若い、上品な僧侶がそこに立っていた。あてが外れたが、それでもこちらも立ったまま、

「どういう御用ですか。」

と問うた。

返事はよく聞き取れなかった。やりかけていた為事に充分気を腐らしていた矢先なので、

「え?」

と、やや声高に私は問い返した。

今度もよくは分らなかったが、とにかく一身上の事で是非お願いしたい事があって京都からやって来た、という事だけは分った。見ればその額には汗がしっとりと浸み出ている。これだけ言うのも一生懸命だという風である。何となく私は自分の今迄の態度を恥じながら初めて平常の声になって、

「どうぞお上り下さい。」

と座敷に招じた。

京都に在る禅宗某派の学院の生徒で、郷里は中国の、相当の寺の息子であるらしかった。幼い時から寺が嫌いで、大きくなるに従っていよいよその形式一方偽礼一点張でやってゆく僧侶生活が眼に余って来た。学校とてもそれで、父に反対しかねて今まで四年間漸く我慢をして来たものの、もうどうしても耐えかねて昨夜学院の寄宿舎を抜けて来た。どうかこれから自分自身の自由な生活が営みたい。それには生来の好きである文学で身を立てたく、中にも歌は子供の時分から何彼（なにか）と親しんでいたもので、これを機として精一杯の勉強がしてみたい。誠に突然であるけれど私をここに置いて、庭の掃除でもさせてくれ、というのであった。

折々こうした申込をば受けるので別にそれに動かされはしなかったが、その言う所が真面目で、そしてよほどの決心をしているらしいのを感ぜぬわけにはゆかなかった。

「君には兄弟がありますか。」

「いいえ、私一人なのです。」

「学校はいつ卒業です。」

「来年です。」

「歌をばいつから作っていました。」

「いつからという事もありませんが、これから一生懸命にやる積りです。」

という風の問答を交しながら、どうかしてこの昂奮した、善良な、そしていっこくそうな青年の思い立ちを翻えさせようと私は努めた。別に歌に対して特別の憧憬や信念があるわけでなく、ただ一種の現状破壊が目的であるらしいこの思い立ちをやはり無謀なものと見るほかはなかったのだ。

しかし、青年はなかなか頑固であった。永い間考え抜いてこうして飛び出して来た以上、どうしても目的を貫きます、先生が許して下さらねばこれから東京へなりどこへなり行きます、と言い張っている。

私は彼を散歩に誘うた。初めはほんのかりそめごとにしか考えなかったのだが、あまりに彼の本気なのを見ると次第にこちらも本気になって来た。そしていろいろ自宅の事情を聞き、彼の性質をも見ていると、どうしても彼をここで引き止めねばならぬ気になって来た。気持を変えるため、散歩をしながらもし機会があったら徐(おもむ)ろにそれを説こうと、出渋ぶるのを無理に連れだって、わざと遠く千本浜の方へ出かけて行った。

そこに行くのは私自身実に久しぶりであった。松原の中に入ってゆくと、もう秋というより冬に近い静けさがその小松老松の間に漂うていた。海も珍しく凪いでいた。入江を越えた向うには伊豆が豊かに横たわり、炭焼らしい煙が二三ヶ所にもそこの山から立昇っているのが見えた。

砂のこまかな波打際に坐って、永い間、京都のこと、そこの古い寺々のこと、歌のこと、地震のこと、それとはなしにまた彼の一身のことなどを話しているうちに、いつか上げ潮に変ったとみえて小波の飛沫が我等の爪先を濡らす様になった。では、そろそろ帰りましょうか、と立ち上る拍子に彼は叫んだ。

「ア、見えます見えます、いいですねエ。」

と。先刻（さっき）からまちあぐんでいた富士が、漸くいま雲から半身を表わしたのだ。昨夜の時雨で、山はもう完全にまっ白になっていた。

「ほんとうにいい山ですねエ、何と言ったらいいでしょう。」

私はそれを聞きながら思わず微笑した。漸く彼が全てを忘れて、青年らしい快活な声を出すのを聞いたからである。

帰って来ると、子供たちが四人、門のところに遊んでいた。そして、

「ヤ、帰って来た帰って来た。」

と言いながら飛びついて来た。一人は私に、一人はその若い坊さんに、という風に。

「なぜこんな羽織を着てんの？」

客に馴れている彼等は、いつかもうその人に抱かれながらその墨染の法衣の紐を引っ張り、こうした質問を出して若い禅宗の坊さんを笑わすほどになっていた。

その翌朝であった。日のあたった縁側でいま受取った郵便物の区分をしていると、中から一つの細長い包が出て来た。そしてその差出人を見ると、私は思わず若い坊さんを呼びかけた。

「これは面白い、昨日君に話した比叡山の茶店の老爺から何か来ましたよ、また短冊かな。」

そう言いながらなおよく見ると、表は四年も昔に引越して来た東京の旧住所宛になっている。スルト、こちらに越して来てから一度の音信もしなかったわけである。中から出たのは一枚の短冊と一本の扇子であった。

短冊には固苦しい昔流の字で、

「うき沈み登り下りのみち行を越していまては人のゆくすえ、粟田」

と書いてある。粟田とは彼の苗字である。変だなア、といいながら一方の扇子

を取ってみると何やら書いた紙で包まれてある。紙にはやはり粟田爺さんの手らしく、

「失礼ながら呈上仕候」

とある。中を開いてみると、

「粟田翁の金婚式を祝いて」

という前書きで、

「茶の伴や妹背いそちの雪月花、佳鳴」

と認めてある。

「ホホオ！」

私は驚いた。

「あのお爺さん、金婚式をやったのかね。」

「へへエ、もうそんなお爺さんですか、でもねエ、よく忘れずにこうして送ってくれますわネ。」

いつか側に来ていた妻もこう言った。

そうすると短冊の、「うき沈み…」も意味が解って来る。念のために裏をかえしてみると、「大正十二年」と大きく真中に書いて、下に二つに割って「七十六

歳、六十五歳」と並べて書いてあるのであった。

大正七年の初夏であった。私は京都に遊んで、比叡山に登ってすぐ降りて来るというでなく、暫く滞在したい希望で、山上の朝夕をいろいろ心に描きながら登って行ったのであった。登りついたのは夕方で、人に教わっていた通り、大勢の人を泊めてくれるという宿院というに行き、取次に出た老婆に滞在のことを頼んだ。ところが老婆の答は意外であった。今はただ一泊の人を泊めてあげるだけで、滞在の人は一切泊めることはならぬ規則になっているのじゃ、というのだ。イヤ、今までよく滞在させて貰ったという話を聞き、その積りで登って来たので是非そうして貰いたい、と頼むと、今までは今までや、ならんというたらならんのじゃ、という風で、まごまごするとその夜の泊りも許されまじい有様となった。止むなく、私はどうか今夜だけ、と頼んで漸く部屋に通された。老婆がその通り、給仕に出た小僧もまた不愉快千万な奴で、遥々楽しんで来たこの古めかしい山上の幻の影は埒（らち）もなくくずれてしまった。

で、翌朝夜があけるのを待って宿院を出た。すぐ下山しようとしたが、こんな風では恐らく二度とこの山に登る気にもなれまい、来たを幸い、普通一遍の見物だけでもやって行こうと踵（きびす）を返して、根本中堂からずっと奥の方へ登って行った。

当山の開祖伝教大師の遺骨を納めてあるという浄土院へゆく路と四明ヶ岳へ行く路との分れ目の所に一軒の茶店のあるのが眼についた。その時のことを書いておいたものがあるのでその文章をここに引いてみよう。

ちょうど通りかかった径(みち)が峠みた様になっている処に一軒の小さな茶店があった。動きやまぬ霧はその古びた軒にも流れていて、覗いてみれば薄暗い小屋の中で一人の老爺が頻りに火を焚いている。その赤い火の色がいかにも可懐(なつか)しく、ふらふらと私は立ち寄った。思いがけぬ時刻の客に驚いて老爺は小屋の奥から出て来た。髪も頬鬚も半分白くなった頑丈な大男で、一口二口話し合っているうちにいかにも人のいい老爺であることを私は感じた。そして言うともなく昨夜からの愚痴を言って、どこか爺さんの知ってる寺で、五六日泊めてくれる様な所はあるまいか、と聞いてみた。暫く考えていたが、あります、一つ行ってきいてみましょう、だが今起きたばかりで、それに御覧のとおり私一人しかいないのでこれからすぐ出かけるというわけにはゆかぬ、追っ附け娘たちが麓から登って来るからそしたら直ぐ行って問合せましょう、まア旦那はそれまでそこらに御参詣をなさっていたらいいだろうという思いがけない深切な話である。私は喜んだ、それが出来たらどれだけ仕合せだか分らない。是非一つ骨折ってくれる様にと頼み込んで、サテ改めて小屋の中を見廻すと駄菓子に夏蜜柑煙草などが一通り店さきに並べてあって、奥には土間の側に二畳か三畳ほどの畳が敷いてあるばかりだ。お爺さんはいつも一人きりここにいるのか、ときくと、夜は年中一人だが、昼になると麓から女房と娘とが登って来る、と言いながら、ほんの隠居為事にこんなことをして居るが馴れてみれば結局この方が気楽でいいと笑っている。小屋のうしろは直ぐ深い大きな渓で、いつの間にかここらに薄らいだ霧がその渓いっぱいに密雲となって真白に流れ込んでいる。空にもいくらか青いところが見えて来た。では一廻りして来るから何卒お頼みすると言いおいて私は茶店を出た。

その頼みは叶ったのであった。叶って私の泊る事になった寺はほとんど廃寺にちかい荒寺で、住職もあるにはあるのだが麓の寺とかけ持ちでほとんどこちらに登って来ることもなく、平常はただ年寄った寺男が一人居るだけであった。それだけに静寂無上、実に好ましい十日ばかりを私は深い木立の中の荒寺で過すことが出来た。

　その寺男の爺というのがひどく酒ずきで、家倉地面から女房子供まで酒に代えてしまい、今では木像の朽ちたが如くになってその古寺に坐っているのであった。耳もほとんど聾（つんぼ）であった。が、同じ酒ずきの私にはいい相手であった。毎日酒の飲める様になった老爺の喜びはまた格別であった。旦那が見えてからお前すっかり気が若くなったじゃないか、と峠茶屋の爺やにひやかされるほど、彼はいそいそとなって来た。峠茶屋の爺やもまたそれが嫌いでなかった。

　私の滞在の日が尽きて明日はいよいよ下山しなくてはならぬという夜、私は峠茶屋の爺やをも招いてお寺の古びた大きな座敷で最後の盃を交し合った。また前の文章の続きをここに引こう。


　寺の爺さんは私の出した幾らでもない金を持って朝から麓に降りて、実に克明にいろいろな食物を買って来た。酒も常より多くとりよせ、その夜は私も大いに酔う積りで、サテ三人して囲炉裡を囲んでゆっくりと飲み始めた。が、やはり爺さんたちの方が先に酔って、私は空しく二人の酔ぶりを見て居る様なことになった。そして口も利けなくなった二人の老爺が、よれつもつれつして酔っているのを見ていると、楽しいとも悲しいとも知れぬ感じが身に湧いて、私はたびたび泣笑いをしながら調子を合せていた。やがて一人は全く酔いつぶれ、一人は剛情にも是非茶屋まで帰るというのだが、脚がきかぬので私はそれを肩にして送って行った。そうして愈々別れる時、もうこれで旦那とも一生のお別れだろうが、と言われてとうとう私も涙を落してしまった。

その峠茶屋の爺さんが即ち今度金婚式を挙げた粟田翁であるのだ。その時、山から京都に降りるとそこの友だちが寄って私のために宴会を催してくれた。その席上で私は山の二人の老爺のことを話した。するとその中の二三人がその後山に登ってわざわざ茶屋に寄り、かくかくであったそうだナという話をした。へええ、そういう人であったのかといって爺さんひどく驚いたということをその人から書いてよこした。それから程なく、古い短冊帖に添えて、これは昔から自分の家に伝わって居るものであるが、中に眼ぼしい人の書いたものが入ってはいせぬか、どうか見てくれといってよこした。これが粟田浅吉といふ名を知った初めであった。

短冊帖には三十枚も貼ってあったが、私などの知っている名はその中にはなかった。こういうことに詳しい友だちにも持って行って見て貰ったが、当時の公卿か何かだろうが、名の残っている人はいないということであったのでその旨を返事し、なお自分自身のものを一二枚添えてやったのであった。それらのことを、昨日千本浜で京都附近の話の出た時に、その若い坊さんにしたのであった。そこへこの短冊と扇子とが送って来たのだ。爺さん、まだ頑丈であの山の上の一軒家に寝起きしているのであるかとおもうと、いかにもなつかしい思いが胸に上って来た。すると、あの寺男の爺さんはどうしているであろう。

そういうことを考えていると、若い坊さんは急に改めて両手をついた。そして、昨日からのお話で、今度の自分の行為が余りに無理であることが解った、自分の一生の志願を全然やめ様とは思わぬが、とにかく今の学校だけは卒業して年寄った父をも安心させます、では早速ですがこれから直ぐお暇しいとまます、という。そうすると私も妻も、わずか一日のうちに親しくなってしまった幼い子供たちも、何だか名残が惜しまれて、もう二三日遊んで行ったらどうかと、勧めたけれども、学校の方がありますので、といって立ち上った。家内中して門まで送って出た。帽子もない法衣のうしろ姿を見送りながら私は大きな声で呼びかけた。

「帰ったら早速比叡に登って見給え、そうしてお爺さんに逢ってよろしく言って下さい。」

東京の郊外を想う

日向（ひゅうが）の山奥から出て来てまず私の下宿したのは麴町の三番町であった。そこの下宿屋から早稲田の学校まで、誰かに最初教えて貰った一すぢ道を真直ぐに往復するほか、一寸した廻り道をもようせずに通っていたのが二三ヶ月以上も続いた。散歩をするといえば靖国神社の境内から九段坂を降りて神田の表神保町の本屋を見て歩く、僅かにそんなことであった。そのほかに遠出をするというのは田舎者にとって如何にも億劫な、恐しいことであったのだ。

それが、或る日どうしたことであったか、大方受持教授の休講の時間ででもあったろうとおもう、ふらふらと学校を出て穴八幡の境内に入り、更にその森つづきの木の下道（あとでその森が戸山学校であることを知った）をくぐって出外れてみて驚いた。おもいもかけぬ大きな平野がそこに開けていたのである。

まったくその時の驚きはいま考えても可笑しい様である。何しろ山と山との間の峡谷に生れて、今まで曾(か)つてそうした大きな野原をば見た事がなかったのである。しかもそれが二三ヶ月以上もぐっしりとかじりついて離れなかった自分の学校のツイうしろから開けていようとは、夢にも思いがけぬところであったからである。

驚きのあまり、授業の事をも忘れて私は恐る恐るなおその小径を野原の方へ歩いて行った。そして行き着いたのが戸山ヶ原の櫟林(くぬぎばやし)であったのだ。驚きはいつか一種の哀愁に変って、足音をぬすむ様にして私はそこに群立している木から木の間の下草を踏み分けて歩き廻ったものであった。明治三十七年初夏のことであった。

そうした大発見をした二三日後、私は直ぐ三番町を引上げて、今は早稲田高等学院が建っている穴八幡下に在った下宿に移って来た。そして毎日々々私の戸山ヶ原散歩は始まったのであった。

こういう記憶を呼び出しながら現在の戸山ヶ原を見ると如何にもうら寂しい。その頃は四方野つづきの、ほんとうの野原の一部であった。今は工場や住宅に囲まれて野原というよりただの空地というに過ぎぬ場所になってしまった。自ずと人出が多いので、下草は踏み荒され、堆かった落葉なども今はほとんど見るよしがない。

代々木の原は戸山ヶ原より更に粗野な感じを持っていた。が、今ではただ土埃を捲きあぐる赭土原となり終っている。僅かにその傍らの明治神宮の境内に幾分の面影を偲ぶことが出来ようか。

大正二年三年の頃、小石川の大塚窪町に住んでいた。そこの近くには護国寺の森があった。寺と皇族墓地との境の窪みが小さな池ともつかぬものになっていて、そこに初夏ならば藤の花が咲いて垂れていた。これは恐らく今でもあるだろう。そこを出て少し行くと東京市経営の広い養樹園があった。公園とか並木とかに植うべき樹木を育つる場所である。ほとんど全てが落葉樹であったため、若芽のころ、落葉のころ、実に柔かな親しい眺めを持っていた。園の中に二三条の路があって自由に通れることになっていた。今は全部これが石も土も真新しい墓地の原と変っている。

それを出外れると鬼子母神の森、これも入口の例の大欅の並木から旧墓地内の杉の落葉など、なつかしいものであった。私の学生時代のころ、この森に来て杜鵑を聞いたこともあった。（書き落したが前の皇族墓地では春のころよく雉子が鳴いた、これは恐らく今でも聴く事が出来るだろう。）

そこまでぶらぶら歩いて来ると、もし空でもよく晴れていたならば、いよいよ自宅に帰るのがいやになって、もう少し歩こうということになる。そして目白橋を渡って、左折、近衛公のお邸に行き当って右折、一二町もゆくととろとろとした下り坂になったそこの窪地全体が落合遊園地というものになっていた。それこそ誰も知らない遊園地で、窪地の四方をば柔かな雑木林がとり囲み、中には小さな池があり、池の中の築山には東屋なども出来ていた。

また、遊園地に入らずにその入口の処から左に折れてゆく下り坂があった。そこもほそ長い窪地になっていて、いろいろな雑木のなかに二三本の朴の木が立ち混り、夏の初めなどあの大きな白い花が葉がくれに匂っていたものである。降りきった右手の所に、藤の古木があるので藤稲荷と呼ばれている稲荷の祠があった。（今でもこれはあるだろう。）その境内も一寸した高みになっていた。そこから丘づたいに左は林右は畑という処を歩いたのもいい気持であった。そしてここの丘にはこの辺に珍しい松の木立があった。ほんのばらばらとした小さなものであったが、東京の北から東にかけての郊外では全く珍しいものであった。今は稲荷の側からかけて幾軒かの大きな別荘になっていたとおもう。

その丘を降りた所に氷川神社というがあり、神社の境内に小さな茶店などの出ている事もあった。もう少し歩こうとそのまま丘に沿うて西北へゆく。

この辺は右に雑木の丘を、左に田圃や畑を見てゆく丘の根の路となっているのだ。(二三年前からこの辺は向う十四五町がほどにずらりと立派な別荘が建ち並んでしまった。)かくして歩くことなお二三十町ほどで中野の薬師さまに着くのであった。薬師さま附近の一二軒の小料理屋なども鄙(ひな)びていいものであった。

ばらばら松の小さな木立を珍しいと書いたが、東京の西部の郊外にはそれが到る所に茂っていた。即ち渋谷、目黒あたりから西へ入り込んだ丘陵の上にだ。池袋雑司ヶ谷戸山ヶ原板橋附近の郊外は総じて平地で、そこに茂っているものは櫟(くぬぎ)であった。そしてその下草には芒が輝いていた。が、西の方の目黒附近では丘と窪地との交錯が極めて複雑に相交わり、そこに生えているのは松であり、孟宗竹の藪であった。無論楢櫟等武蔵野らしい雑木もその間に立ち混ってはいるけれど。

そしてこちらの郊外の背景をなすものは遠く西の空に浮んでいる富士山の姿であることを忘れてはならぬ。どこからでも大抵は見えるこの山ではあるが、ことにここらの赤松林の下蔭、幾つか連った丘陵の一つのいただきから望み見る姿は、ただの野原であるのより遥かに趣きが深いのだ。

そう書くと、ほんの赤土の崖の上である様な東の郊外田端の高みから望む筑波のことをも書かねばならぬ。同じく西の郊外から見る野の末の秩父の連山、よく晴れればそこまで見る事の出来る甲州信州上州路かけての遠山の事などをも。

駿河湾一帯の風光

駿河（するが）湾一帯の風光というとどうしても富士山がその焦点になる。久能山より仰ぐ富士、三保の松原龍華寺（りゅうげじ）の富士、薩埵峠（さったとうげ）の富士、田子の浦の富士、千本松原の富士、牛臥（うしぶせ）から静浦江の浦にかけての富士など説明を付けるのがいやになるくらいもう一般的に聞えた名勝となっている。名物にうまいものなしの反対で、以上とりどりにみな見られる景色であるだけに却って筆の執りにくいおもいもするのである。

なかで私の一番好きなのは田子の浦の富士である。田子の浦というと何となく優美な——例えば和歌の浦とか須磨の浦とかいう風の小綺麗な海浜を予想しがちであるが、事実はひどく違う。意外な広さ大きさを持った砂丘の原であるのである。

九十九里が浜の荒涼は無いが、東海道沿いの松並木から続いて、ばらばら松の丘となり、やがて草も木もない白茶けた砂丘となり、ところどころにうねりを起しながらおおらかな傾斜をなした大きな浜となっているのである。浜の広さは、ばらばら松の丘から浪打際まで六七町から十町あまりあるであろう。西はすぐ富士川の河口となり、東はずっと弓なりに四里近くも打ち続いた松原となって居る。松原の東のはずれには狩野川の河口があり、河口に近く沼津の千本浜があるのである。

薩埵峠などを含む由比蒲原(ゆいかんばら)あたりの裏の山脈は富士川の西岸で尽き東の岸からは浮島が原の平野となってずっと遠く箱根山脈の麓まで及んで居る。その平野の東寄りの奥に愛鷹山(あしたかやま)がある。沼津あたりからはこの山がちょうど富士の前に立ちはだかって見えるのであるが、田子の浦から見るのだと、恰(あた)かも富士の裾野の東のはずれに寄ってしまって、ほとんど富士の全景に関係がなくなっている。つまり広大な裾野の西のはずれから東のはずれを前景にして次第に高く鋭く聳えて行った富士山の全体が仰がるるわけである。

富士山はどこから見ても正面した形で仰がるる山であるが、わけてもこの田子の浦からは近く大きく真正面に仰がるる思いがする。豊かに大地に根ざして中ぞら高く聳えて行った白麗朗のこの山が恰も自分自身の頭上へ臨んでいるかの様な親しさで仰がるるのである。何の技巧装飾を加えぬ、創造そのままの富士山を見る崇厳を覚ゆるのである。絵でなく彫刻でなく、また蒔絵や陶器の模様でない山そのものの富士山を仰ぐことが出来るのである。

人影とても見当らぬ砂丘の広みのまんなかに立って、じいっとこの山を仰いでいると、そぞろに遠い昔の我等の祖先の一人がここを通りかかって詠み出でたという古い歌を思い出さざるを得ない。

天地の分れし時ゆ、神さびて高く貫き、駿河なる富士の高嶺を、天の原振りさけ見れば、渡る日の影も隠ろひ、照る月の光も見えず、白雲もいゆき憚り、時じくぞ雪は降りける、語りつぎ言ひつぎ行かむ、富士の高嶺は、

田子の浦ゆうち出でて見れば真白くぞ富士の高嶺に雪は降りける

この歌の時代には四辺(あたり)に人家もなく田畑もなく、恐らくただうち続いた原野か

森林であったろうとおもうと、砂丘のはずれで響いている浪の音など一層身にしみて聞きなされる。

三保あたりから見るのも悪くはないが、入江だの丘陵だのという前景が付いて却って富士山を小美しく小さなものにしている。ともすれば模様絵の富士山にしてしまう恐れがあるのである。

前景のあるを嫌うと言った。もう一ヶ所前景なしに富士山を見るに恰好な場所がある。それは御殿場の南に当る乙女峠である。御殿場から箱根の仙石原や芦の湖方面に越ゆる峠で、御殿場駅から二里あまりもあろうか。

そこで見た富士山の事をば私は曾て書いておいた。それをここに引く。仙石原から御殿場へ越えた時の事である。

登りは甚だ険しかったが、思ったよりずっと近く峠に出た。乙女峠の富士という言葉は久しく私の耳に馴れていた。そこの富士を見なくてはまだ富士を語るに足らぬとすら言われていた。その乙女峠の富士をいま漸く眼のあたりに見つめて私は峠に立ったのである。眉と眉とを接するおもいにひたひたと見上げて立つ事が出来たのである。まことにどういう言葉を用いてこのおおらかに高く、清らかに美しく、天地にただ独り聳えて四方の山河を統(す)ぶるに似た偉大な山岳を讃めたたうることが出来るであろう。私は暫く峠の路の真中に立ちはだかったまま静かに空に輝いている大きな山の峰から麓を、麓から峰を見詰めて立っていた。（中略）
乙女峠の富士は普通いう富士の美しさの、山の半ば以上を仰いでいうのと違っているのを私は感じた。白妙に雪を被った山巓(さんてん)も無論いい。が、この峠から見る富士はむしろ山の麓、即ち富士の裾野全帯を下に置いての山の美しさであると思った。かすかに地上から起ったこの大きな山の輪郭の一線はそれこそ一糸乱れぬ静かな傾斜を引いて徐(おもむ)ろに天に及び、そこに清らかな山巓の一点を置いて、更にまた美しいなだれを見せながら一方の地上に降りて来ているのである。地に起り、天に及び、更に地に降る、その間一毫(いちごう)の掩う所なく天地の間に聳えて居るのである。しかもその山の前面一帯に拡がった裾野の大きさはまたどうであろう。東に籠坂峠足柄山があり西に十里木から愛鷹山の界があり、その間に抱く曠野の広さは正に十里、十数里四方にも及んでいるであろう。なおしかもその広大な原野は全体にかすかな傾斜を帯びて富士を背後におおらかに南面して押しくだって来ているのである。その間に動く気宇の爽大さはいよいよ背後の富士をしてその高さを擅ならしめているのである。

幼い形容詞が多くお羞しい文章であるが、初めて乙女峠から富士を見た時は私はまったくこの通りに感じたものであった。ここの富士も田子の浦と同じく、その裾野を置くほかは何等の前景を持たぬ富士それ自身の眺めである。しかも山全体を一眸の裡に収め得ることもまた同じい。ただ一方は海岸であり、一方は山上であるの相違だ。

乙女峠から眺めて十里四方にも及ぶであろうと言った曠野は大野原と呼ばれている。その大野原の奥、富士の根がたまで秋に一度初夏に一度私は出懸けて行ったことがある。その時々に詠んだ歌をここに引いてそこから見た富士の説明に代えよう。

富士が嶺や麓に来りあふぐ時いよよ親しき山にぞありける
富士が嶺の裾野の原のまひろきは言に出しかねつただに行き行く

富士が嶺に雲は寄れどもあなかしこ見てあるほどに薄らぎてゆく
日をひと日富士をまともに仰ぎ来てこよひを泊る野のなかの村
草の穂にとまりて啼くよ富士が嶺の裾野の原の夏の雲雀は
雲雀なく声空に満ちて富士が嶺に消残る雪のあはれなるかな
張りわたす富士のなだれのなだらなる野原に散れる夏雲の影
夏雲はまろき環をなし富士が嶺をゆたかに巻きて真白なるかも

以上、すべてその麓の近い処からのみ仰ぐ富士山を書いて来た。今度は少し離れた位置からの遠望を述べてみよう。富士は意外な遠国からも仰がれて、我知らず驚いた事が屢々あるが、ここには駿河湾一帯の風光の約束のもとに、さまでは離れぬ遠望を書くことにする。

支那の言葉に、高山に登らざれば高山の高きを知らずというのがあると聞いた。この言葉の真実味をばよくあちらこちらの山登りをする時ごとに感じていたのであるが、伊豆の天城山に登って富士を仰いだ時、将にそれを感じた。そしてそぞろに詠み出た歌がある。

たか山に登り仰ぎ見高山の高き知るとふ言（こと）のよろしさ

初め私は絶頂近くにあるという噴火口あとの八丁池というを見るがために天城登りを企てたのであった。そしてせっせと登っているうちにふとうしろを振返って端なく自分の背後の空に、それこそ中天に浮ぶといった形でずばぬけて高く大きく聳えている富士山を見出して、非常に驚いたのであった。

ツイ眼下には狩野川の流域である伊豆田方郡の平野があった。それを取り囲む形でやや遠く左寄りに真城（さなぎ）、達磨（だるま）の山脈があり、近く右手に箱根連山があり、その中にも城山、寝釈迦山、鳶の巣山、徳倉山（とくらやま）等の低きが相交わり、ずっと遠くには駿河信濃国境に連亙した赤石山脈が真白に雪を被ってつらなっていた。そしてほとんど正面にこれも常よりは高く見ゆる愛鷹山が立ち、それの裾野の流れ落ちた所には駿河湾が輝いていた。それらの山や海を前景として、まったく思いがけない高い空に白々としてうち聳えていたのであった。

三保あたりからは前景がうるさくていやだと前に言ったが、このくらいの大きな前景となると少しも悪くなかった。前景の大きさが、いよいよ富士の大きさを増した様にも見えた。これもその時詠んだ数首の歌を引いて当時の自分の驚嘆を現わそうと思う。

わが登る天城の山のうしろなる富士の高きはあふぎ見飽かぬ
山川に湧ける霞の昇りなづみ敷きたなびけば富士は晴れたり
まがなしき春のかすみに富士が嶺の峰なる雪はいよよ輝く
富士が嶺の裾野に立てる低山の愛鷹山はかすみこもらふ
愛鷹の裾曲(すそみ)の浜のはるけきに寄る浪白し天城嶺ゆ見れば
伊豆の国と駿河の国のあひにある入江の真なか漕げる舟見ゆ

野や浜や山の上から見た富士山のみを書いて来た。海から見るそれをひとつ書いてみよう。

狩野川の河口、即ち沼津の町から出て伊豆の西海岸の諸港を経、その半島の尖端に在る下田港まで行く汽船がある。この汽船の甲板に立っていたならば、そしてその日がよく晴れていたならば、ほとんど到る所の海上からこの霊山が仰がるるのである。海と空との間にただ一つ打ち聳えたこの山の姿の静けさは麓に立って仰ぐのと自ずからまた別である。ことに富士のよく晴れる季節の秋から冬にかけてはこの伊豆西海岸にはほとんど毎日西風が吹くために、紺碧な海上いちめんに白浪が泡立っていて一層の偉観を添える。またこの海岸線は断崖絶壁といった風のところが多く、どうかするとその断崖の真上に、またはその中腹に半ば隠れて見えたりすることがある。

サテ、富士の事ばかり書いて来た様である。そのほかで附近の案内を書くとするとまず江の浦附近の入江であろうか。

これは全く模型的な入江だという気のする処である。伊豆の大瀬崎と、狩野川々口以東の海岸の囲み合う入江は二三里ほどの奥まりを持って居る。その入口に駿河路では牛臥静浦があり伊豆路では西浦内浦があり、一番奥が即ち江の浦となっているのである。一帯に非常に深い海で、江の浦の岸辺でも底の見えぬ青みを湛えて居る。海岸は曲折に富み、道路はその崎に沿うことをせず、多く隧道を穿って通じているほどだ。海に臨んだ小山には多く松が茂り、小波もない深みの上に静かに影を投げて居る。

江の浦は遠州灘駿河湾伊豆七島あたりへ出かくる鰹船の餌料を求めに寄るところで、小松の茂った崎の蔭の深みには幾箇所となく大きな自然の生簀（いけす）が作られ、そこに無数の鰯が飼われて居る。で、普通の漁師町以上に整った宿場をなしているのであるけれど、いい宿屋が無い。江の浦から曲りくねった海岸ぞいの路を更に一里半行くと三津という船着場があるが、そこは料理屋兼業その他の三四の宿屋があり、小さくはあるが洋式の三津ホテルというもある。三津のまん前には淡島という小さな尖った島があって、その島のななめ横に例の富士山が海を前にして仰がるる。そこより背後の岡を越えて一里歩くと長岡温泉がある。三津にこうした土地不似合の料理屋宿屋のあるのは単に景色がいいというばかりでなく、一つはこの長岡温泉があるためである。

この三津まで、沼津の御成橋の下から午前午後の二回乗合の発動機船が出る。狩野川の川口を出るとすぐ左折して蚕の這った様な牛臥山を左に、静浦の御用邸附近の深い松原を見て江の浦に入り、附近の山蔭に介在している小さな舟着場二三箇所に寄って三津で終るのである。航程約一時間半、舟賃二十五銭、最も簡易な入江見物が出来るわけである。

冬田中あらはに白き道ゆけばゆくての浜にあがる浪見ゆ　（五首静浦附近）

田につづく浜松原のまばらなる松のならびは冬さびて見ゆ

桃畑を庭としつづく海人が村冬枯れはてて浪ただきこゆ
門ごとにだいだい熟れし海人が家の背戸にましろき冬の浪かな
冬さびし静浦の浜にうち出でて仰げる富士は真白妙なり
うねり合ふ浪相打てる冬の日の入江のうへの富士の高山（二首静浦より三津へ）
浪の穂や音に出でつつ冬の海のうねりに乗りて散りて真白き
舟ひとつありて漕ぐ見ゆ松山のこなたの入江藍の深きに（四首江の浦）
奥ひろき入江に寄する夕潮はながれさびしき瀬をなせるなり
大船の蔭にならびてとまりせる小舟小舟に夕げむり立つ
砂の上にならび静けき冬の浜の釣舟どちは寂びて真白き

富士川の鉄橋を過ぎて岩淵蒲原由比の海岸、興津の清見寺、さらに江尻から降りて三保の松原に到るあたりのことを書くべきであろうが、蒲原由比は東海道線を通るひとの誰人もがよく知っている処であろうし、三保にもさほど私は興味を持たぬ。海も松原も割合に浅くきたなく、ただ羽衣の伝説と三保と呼ぶ名称の持つ優美感とが一つの美しい幻影を作りなしている傾きが無いではない。

松原ならば私は沼津の千本松原をとる。公園になっているあたりはつまらないが、そこを少し離れて西へ入ると実にいい松原となっている。樹がみな古く、かつ磯馴松と見えぬ真直ぐな幹を持ち、一様に茂った三四町の広さを保ってずっと西三里あまり打ち続いて田子の浦に終っているのである。海岸の松原としては全く珍しいと思う。昔或る僧侶が幕府に献言し、枝一本腕一本とかいう厳しい法度を作り、この松原を育ててその蔭の田畑の潮煙から蒙むる損害を防いだものであるそうだ。

この松原を詠んだ拙い自分の歌を添えてこの案内記を終る。

むきむきに枝の伸びつつ先垂りてならびそびゆる老松が群
風の音こもりてふかき松原の老木の松はここに群れ生ふ
横さまにならびそびゆる直幹の老松が枝は片なびきせり
張り渡す根あがり松の大きなる老いぬる松は低く茂れり
松原の茂みゆ見れば松が枝に木がくり見えて高き富士が嶺
末とほくけぶりわたれる長浜を漕ぎ出づる舟のひとつありけり

故郷の正月

私は日向国耳川（川口は神武天皇御東征の砌そこから初めて船を出されたという美々津港になっています）の上流にあたる長細い峡谷の村に生れました。村の人は多く材木とか椎茸とか木炭とかいう山の産物で生活しているのです。

ですから、正月といっても淋しいものでした。今でもまだそうではないかと思いますが、村には新の正月と旧の正月とがありました。新の正月はただ学校でやるくらいのことでしたが、その新年式の式場に飾るために野生の梅の花を学校の裏にある谷間にとりに行ったことを私はよく覚えています。何でも二度ほど取りに行ったと思います。先生に連れられて、鉈を持って、四五人の者が狭い谷間のあちらこちらに咲いている真白な花を探して歩いた記憶が不思議にはっきりと残っています。子供心にもそうした谷間に春の来るということがよくよく嬉しかったのでしょう。それにその頃既に梅が咲くという様な季候違いの事実もその印象を深めているに違いありません。山の中といっても海岸から五六里しか離れていず、年中雪を見ることのない程暖かな土地でした。

私の父は医者で、その頃村で新人でした。で、門松をば必ず新の正月に立てました。この松の切出しには必ずまた父と私が出かけました。背戸から出て小さな岡を越えるとそこに一つの谷が流れて両岸にやや平な野原があり、そこに松ばかり茂っている一箇所がありました。父の好みはなかなかにむつかしく、容易にこの木がいいとは言いません。あとではいつも私と喧嘩をしました。そうして辛うじて伐り倒した松があまりに大きくて我等の手に合わず、いろいろの目標をしておいてあとで下男をとりによこしたりしました。この松伐りも今ではなつかしい思い出です。それに父はなかなかのきまり家で、多少にせよ新の正月にも餅をつかせましたので、旧の正月の時と二度餅の喰べらるるのも幼い私の自慢であり喜びでありました。

新の元旦には母など一向に父を相手にしませんので、父は私を相手に「元日」の屠蘇を祝いました。他の者が平常着(ふだんぎ)なのに父と私とだけ(私は男の子としては一人子なのです。父の四十二の時の誕生だといいますから齢もたいへん違っていたのです）が紋附を着て、広い座敷に向い合って坐るのがいかにも変でした。

旧の正月はそれでも家中たいへんです。それに村ではすべての勘定事が盆と節季の二度勘定にきまっていますので、半年分の薬代を村の者がみな大晦日に持って来るのです。来た者には必ず酒を出す習慣で、どうかすると二三十人も落合って飲み出すという騒ぎになり、父も母も私たちまでもその夜は大陽気でした。

旧正月は村全体の正月であるが、これとてただ業を休んで酒を飲む、廻礼をするというだけで別に変った事もありませんでした。我等子供たちの遊戯ですが、晴れればそとへ出て「根っ木」という遊びをした。生木の堅いのを一尺か二尺に切り、先を尖らせて地へ互いに打ち込んで相手の木を倒して取るのです。降るか或いは寒い日は家の中で「針打ち」をしました。半紙をめいめい一枚ずつ出し合って畳の上に積み重ね、一本の縫針に二三寸の糸を附け、針のさきを唇にくわえ、糸を烈しく引いて畳の上の紙にその針をつき立てる様に打ちおろします。そうして徐ろに糸を引いて針の先に引き留められて来ただけの紙を自分の所得とするこれも賭事あそびです。凧をも揚げるには揚げましたが、何しろ平地の少ない渓間の事ゆえ、大勢して揚げるなどというわけにはゆきませんでした。

いつの正月であったか、珍しく雪の降った事がありました。私の七八歳の頃だったでしょう。我等子供はうろたえて戸外へ出て各自に大きく口を開けながらちらちらと落ちて来るその雪を飲み込もうとしたものです。そんなに雪は嬉しい珍しいものでした。附近一の高山、尾鈴山というのの八合目ころから上にほのかに雪の積ることがありました。大抵は夜間に積むのですが、すると父は大騒ぎをして私を呼び起しました。

「繁、起けんか起けんか、尾鈴山に雪が降ったど、早う起けんと消えっしまうど！」

と言いながら。

その父が亡くなってから十年たちました。頑健な母はまだ強情を張りながら、古びた家にただ一人残っており、私が学問をするために尋常科しかなかったその村を出てから今年でちょうど二十八年たつわけになります。

伊豆西海岸の湯

東京にてＭ――兄。

伊豆の東海岸には御承知の通り沢山温泉があるけれど、西海岸には二個所しかありません。一つはずっと下田寄りの賀茂温泉、一つはいま私の来ている土肥（とひ）温泉です。ここには沼津から汽船、二時間足らずで来られます。賀茂にはまだ行ってみません。至って開けぬ所だそうで、湯の量は非常に多く、浴用よりそれを使って野菜の促成栽培をやっているとか聞きました。

土肥も似たものですけれど賀茂よりましでしょう。旅館も七八軒ありますし、村の人家も相当に寄っています。いいのは冬暖く夏海水浴の出来ることで、困るのは交通の不便です。ことに、この冬季、十二月から二、三月にかけては誠に西風が立ち易く、それが立つと汽船が止り、汽船が止るとほとんど交通杜絶です。船原越修善寺越という二つの山道がありますが、余程脚の達者な者でないと歩けない難道です。一は四里程で船原温泉に出、一は六里程で修善寺温泉に越ゆるのです。二日も三日も汽船が出ないとなると為方（しかた）がなしに人足を雇ってはその峠へかかってゆく女連（おんなづれ）子供連（こどもづれ）の客が見かけられます。

私はこの五六年、毎年正月元日にここにやって来ています。朝暗いうちに自宅で屠蘇（とそ）を祝って、五時沼津の狩野川河口を出る汽船に乗るのです。幸いと今迄この元日には船が止りませんでした。しかし毎年相当に荒れました。私は船に強いので、平気で甲板に出て荒浪の中をゆく自分の小さな汽船の揺れざまを見ています。晴れれば背後に聳えた富士をその白浪のうえに仰ぐことになります。河口を出て静浦江の浦の入江の口を横切り大瀬崎の端へかかると船は切りそいだ様な断崖の下に沿うてゆくことになります。十丈二十丈の高さの断崖の頭の方は篠笹の原か茅（かや）の野になって居り、その下はほとんど直角に切り落ちて露出した岩の壁です。冬のことで、篠笹原はうすい緑の柔かなふくらみを持って広がって居り、枯茅の野は鮮かな代赭色(たいしゃいろ)に染っています。そして岩壁は多くうす赤い物々しい色をして聳えています。

その真下に立つ浪の中をゆらりゆらりと揺れてゆく小さな汽船の姿を想像してごらんなさい。


正月ごとに私のここに来ますのは、一つはその時に押懸けて来る所謂(いわゆる)年始客から逃るるためでもあるのですが、本統はその頃ここに来ていますと梅の花の咲き始めを見ることが出来るからです。

年の寒さで多少の遅速はある様ですが、先ず一月の十日には咲き出します。元日に来て既に庭に咲いているのを見て驚いたこともあります。また、この土地にはこの木が非常に多い。一寸出ても家の垣根とか田圃の畔とか、かすかな傾斜を帯びた山の枯草原などに白々と咲いているのが目につきます。或る古い寺があり、そこの竹藪の中にも咲いています。

梅の花はなかなか散らないもので、あとの方になるといかにも佗しい褪(あ)せざまを見せて来ます。山桜の花などとはそこはすっかり違っています。が、その咲き始める時はまことにいい。一りん二りん僅かに枝に見えそめた時の心持は全くありがたいものです。毎年のことですが、心がときめきます。

　梅の花と共にこのころここに来て眼につくのは橙です。また、夏蜜柑です。これも一軒の家には必ず二三本のその木があり、橙は赤く、夏蜜柑は黄いろく、いずれもぎっちりとあの厚い葉の茂った木になりさがっているのが見えます。

　この果物の熟れている色はいかにも明るい感じのするもので、一寸散歩しても右に左に見えて居るこの色がさながらにこの土肥温泉の色彩の様な気がするのです。


　どこの温泉場でも何か土地に相応した様なものを考案して土産物として売っていますが、土肥では先ず枇杷羊羹でしょう。つまり土地に枇杷が多いのです。蜜柑と同じく、ずっと高くまで段々畑が作られてこれが植えてあります。正月は褪せながらもまだこの木の寂しい花が葉がくれに見えています。そしてそれに寄り集（つど）うた眼白（めじろ）鳥が非常に多い。

　羽根の青い、眼の縁の白い、親指ほどもないこの小さな鳥は暗い様な枇杷の木の茂みに幾羽となく入り籠ってちいちいと啼いています。花の蜜に寄るものと見えます。そして、時々この小鳥の群がその枇杷の木を離れて附近の山の櫟林に入り込んでいるのを見ます。櫟はまた梅が咲くというのにも枯葉を落さないで、からからに乾いたままの鮮かな色をして山の傾斜に立ち並んでいます。

土肥はこうした櫟林や、蜜柑畑や、枇杷の畑のある小山を北から東にかけて背負うて、西また南に海を受けた僅かの平地の土地なのです。

もう一つ土肥の土産物に小土肥海苔（おどひのり）、八木沢海苔（やぎさわのり）というのがあります。小土肥は西に、八木沢は東に、共にこの土肥から二十町ほどを距てた漁村ですが、そこで取れる海苔をそれぞれにこう呼ぶのです。浅草海苔などの様に粗朶（そだ）に留ったものを取るのでなく、荒浪の打ち寄せる磯の大きな岩の肌に着いた海苔を板片などで搔き取って乾すものです。ですから風味もずっと違います。私などどちらかというとこの荒磯の味を好む者ですが、惜しいかな製法が未熟なため、ともすると中に貝殻のかけらや砂の屑などが入っています。中で小土肥海苔の方はそこの岩が滑かなため、八木沢のよりややその混入物が少ないということになっています。

西南に海を控え北と東に山を負うて僅かな平地を持った土地と先に言いましたが、その僅かな平地は一つの小さな流に沿うてやや深く東の方へ切れ込んでいます。そしてその平地の両側は例の雑木の山、果物畑の山となっているのです。

もう少し私はこの雑木林の山のことをお話したい。一体、君は雑木林というものがお好きでしたか知ら。

櫟林とだけ言いましたが、単にそれだけではありません。いろいろの樹木がその日向に向いた山に生えています。まず竹の林が眼につきます。杉の木立の、冬の日にうす赤く錆びているのが見えます。何の木だか、竹箒の様にその落葉した枝や梢をこまごまと張りひろげて立っているのがあります。楠かタブの木か、みっちりと黒く茂った若木もその間に立ち混っています。

斜め上りになっている沢の奥のつめの所に一並び細く杉の木立の立ち続いているのはいかにも静けく明るく眺められます。またすぐその下に続いてむしろ淡黄色をした竹の林がこまかな葉を日光に晒して立っているのもいかにも柔かな眺めです。それからは例の櫟の林、名もない木立の冬枯、やがて枇杷の畑、蜜柑の畑。すべてが明るく、すべてが柔かく、すべてが暖かです。そしてすべてそこにおちついて眺められます。大きくはないが、まったく静かです。

湯は海岸寄りの中浜というのと、山の窪地に沿うて五六町入り込んだ奥の番場という二部落に湧いています。私は毎年その中浜の方のこの宿に来ていますが、ツイ裏が山の根がたとなっていて海にも近く、湧く湯の量も甚だ豊かです。

弱塩類泉とかいうのだそうで、無色無臭、実によく澄んでいます。この宿には湯が二個所に湧き、しかもその五六分通りは捨ててしまわねば熱くて入り得ぬという有様です。ですから少し浴場を作り変えたら所謂千人風呂くらい直ぐ出来るでしょう。

正月の三ヶ日あたりは流石にこみます。今年は地震のあとで例年の様なことはあるまいと思っていると、もう三十日あたりから満員になったとの事でした。客は学生が多く、次に老人です。何しろ来る道中が道中だものだから、身体の弱い人、気の弱い人、または時間にきびしい制限のある人たちには一寸出かけて来られないのです。

その正月の混雑はまず四五日に半減され、七日か八日に及んで更に半減されます。そしてそれから後は次第に平常の静けさに帰ります。今年も十二三日になるとこの大きな宿に僅か五六人の客がいるだけでした。それも論文を書く学生とか少々リウマチの気のあるという老人とかですから静かなものです。

ただ困るのは女中の不馴なことと粗野なことですが、聞けば正月とか暑中とかの書入時(かきいれどき)には近所の民家の娘たちを雇い入れるので、客や帳場で小言でも言えばどんどん帰ってゆくとかで、致しかたのない話です。で、私はこの一二年をば半自炊の気でやっています。即ち炭から水から茶道具酒道具寝道具を一切自分の部屋にとり寄せておいて随時自分の気の向いた時に飲んだり寝たりするのです。至って成績がよろしい。

単に女中に限らず、帳場そのものからほぼそれに近いものなのです。不自由といえば不自由、親しみの眼で見れば却ってなまなかに開けた温泉よりいい気持です。

二つある湯殿の一つにはよく日が当ります。六畳敷ほどの湯槽(ゆぶね)が三つに為切(しき)ってあり、その一つの隅にぼんやりと一人入っていますと、ツイ側に落ちている湯口の音のみ冴えて、いつ知らずうとうととしたくなる静けさです。眼の前の湯の中に動いている微塵(みじん)に似た湯垢の一つ一つにはかすかに虹の様な日光の影が宿り、湯槽の縁から溢れ出る湯は同じくほがらかに日が当って乾き切っている流し場の一端に細い小波をたてて流れて行っています。

湯槽からあがってその流れの中に横たわりますと、身体半分は温浴、半分は日光浴が出来るという有様です。

西風が立ったとなればあわれです。

真正面から打ちつけて来る怒濤の響がまったく一人でいる時など、戸障子を揺するかと聞ゆる時があります。

二日続き、三日続くとなると出る客も入る客もなくなり、新聞は来ず、郵便は遅れる。郵便だけは荒れが続けば山を越えて来ますが、平常はやはり船に拠っているのです。すべてを沼津から取っている御馳走も杜絶えるという始末で、ただもうおとなしく湯の中に浸っているほかはありません。

要するに梅の初花を見に来るお湯でありましょう。しかも野の梅です。すべてにそういった趣きをここの湯は持っています。多分私は今後もその花を見にやって来ることと思います。

梅を見るにはここに、そして山桜の花を見るためには私は毎年やはりこの伊豆の天城山の北麓にある湯が島温泉へ出かけています。いずれまたそこのことはその時に書きましょう。

ところで、M——兄。

今朝の地震には嚇(おど)かされました。何しろ地震と聞くと妙に神経質になっているものですからですが、今朝のは確かに恐しい一つでした。戸外に逃げ出した寒さを払おうと急いで湯殿へ駆けつけてまた驚きました。湯が真白に濁っているのです。地の中がどんな具合で揺れるのかとその湯に浸りながら考えました。この調子では屹度(きっと)またどこぞがひどくやられている事と思います。ほんとうにいやな事だ。

ではこれで失礼します。一月十五日。伊豆土肥温泉土肥館にて。

海辺八月

昨年の八月いっぱいを伊豆西海岸、古宇という小さな漁村で過しました。これはその思い出話。

八月いっぱい、子供を主としてどこかの海岸で暮したい、そういう相談を妻としてから七月の初め私はその場所選定のため伊豆の西海岸へ出懸けました。西海岸といってもそう不便な場所では困るので、この沼津から静浦湾を挟んで、ほとんど正面に見えて居る西浦海岸を探す事になったのです。幸いそちらには我等の歌の社中の友人も居るので、大よその事をその友人に調べておいて貰い、先ずここ等がよかろうという事を聞いた上、私は出懸けました。そして指定せられた二三箇所を見て廻った末、やはりその友人の居村である古宇村というにきめたのでした。

そこは半農半漁の、戸数五十戸ほどの村でした。半農といってもそれはほとんど蜜柑の栽培が重でそのほかに椎茸木炭などを作り出すといった風の山為事なのです。その村の少し手前の江の浦重寺三津(しげでらみと)などの漁村には所謂(いわゆる)避暑地としての善悪それぞれの発展が見えていましたが、その古宇村にはまだ全然それらの影響がありませんでした。友人に案内せられて行った宿屋は村内唯一の宿屋で、むしろ漁師と百姓とを主業としている風に見えました。

旅客用の部屋は母屋(おもや)と鍵形(かぎがた)になった離室(はなれ)の方で、二階二間、階下二間、すべて六畳ずつの部屋なのです。二階は東北、及び僅かに西がかった方角とが開けていて、ツイ真下に、それこそ欄干から飛び込めそうな真下に海がありました。そして海の向うには静浦牛臥沼津の千本浜がずらりと見渡されて、その千本浜の少し左寄りの上の空に富士が図抜けて高く聳えて居るのでした。

「これは素敵だ、早速ここにきめましょう。」

二階に上るや否やそう言って、坐りもやらずに、二つの部屋をぐるぐると私は廻って歩きました。階下の部屋も欲しかったのですが、折々廻って来る常客などのためにそこだけは空けておきたいとのことで、諦めねばなりませんでした。

「イヤ、二階だけで沢山だ、そちらを子供部屋にして、ここに自分の机を置いて……」

その夜一泊、翌朝早くの船で沼津へ帰る筈でしたが、折よく降り出した雨をかこつけにもう一日滞在することにしました。そして雨に煙って居る静かな入江の海を見て何をすることもなく遊んで居りますと、ちょうど二階の真下の海に沿うた小径を三人の女が何やら真赤な木の実らしいものの入った籠を重々と背負って通るのが眼にとまりました。木の実の上は瑞々しい小枝の青葉が置かれ、それに雨が降りかかっておりました。

「山桃！」

そう思ふと惶てて私は彼等を呼び留めました。

そして中の一人から大きな笊（ざる）いっぱいその珍しい果物を買いとりました。聞けばこの近くの江梨という附近の山にはこの木が沢山あるのだそうです。この山桃は東京あたりではなかなか喰べられない。そして私は幼い時からこれを飽きるほど喰べて来たので、季節の来るごとに自ずと思い出されてならぬのでした。早速皿に盛り、滴る様な濃紫の指頭大の粒々しい実の上にさらさらと塩を振って、サテ徐（おもむ）ろに口に含みました。

　かくして八月の朔日（ついたち）に先ず尋常三年生の長男と書生とが出懸け、二三日して残り三人の子供と妻と私とがその古宇の宿屋へと行きました。子供達の喜びは言うまでもありません。宿から二三町離れた所に砂浜があり、割に遠浅になっているので早速彼等の泳ぎ場にきまりました。長男だけ辛うじて五六間の距離を泳げるというのみで、あとはみなぼちゃぼちゃ党なのです。妻もまた大きな図体で、折々このぼちゃぼちゃ組に混っているのです。私だけは宿の直ぐ前の石段から直ぐざんぶと躍り込んで彼等の場所まで泳いで行くのです。何年にも泳いだことがなかったので最初は少し変でしたが、やがて気持よく手足を伸して、綺麗な潮を掻き分け得る様になりました。

　まったく潮は綺麗でした。二階から見ていますと、真前の岸近く寄って来て泳いでいるいろいろの魚の姿がよく見えました。細長い姿のさよりやうぐいはその群までも細長く続いて、折れつ伸びつ、ちょこちょこと泳いで行き、黒鯛はおおく独りぽっちでぼんやりとその大きな体を浮かせ、何か事があるとぴんと打たれたようにかき沈んで忽ちどこへやら消え去りました。折々雨の降り出したかの様にぴょんぴょんぴょんぴょんこまやかな音を立てて水面に跳ねあがり、それが朝日か夕日かを受けて居れば、青やかな銀色に輝くのははしこの密群でした。もしこの大群がやや遠くを過ぐる時は、海面が急にうす黝（ぐろ）く皺ばむのでした。その他、名も知らぬ魚の族がいろいろの色や形で我等の面前に現われました。中に一つ、土地では海金魚とか言っていましたが、樫の葉くらいの大きさで、それこそ若葉の日に透いた様な真みどりの魚が始終そこの大きな岩の蔭に泳いでいました。二三疋（ひき）から五六疋どまりの群で引汐の時には見えなくなり、上げ汐となればきまってその岩の蔭にやって来ました。これは六つに九つの姉妹の一番の仲好しで、両人競争してこの真みどりの着物をつけた友だちの現われるのを待っているのでした。ほかにまた、これは少々厄介者でしたが海丹（うに）がいました。これも上げ汐につれずっと海岸沿いに一列になって押し寄せて来るのです。例の栗の毬（いが）の形で、いつ動くとなくむんずむんずとやって来るのです。見ていれば可憐ですけれど、泳ぎの時にもし誤って此奴（こやつ）を踏もうなら、彼は忽ちその黒紫の毬を足裏の肉深く刺し通すのです。抜こうとすれば折れて残り、やがてじくじくと痛み出します。僅に脱脂綿に酢を含ませて局部にあて、痛みの去るのを待つほかはないのです。いいことに、此奴案外に神経質とみえ、泳ぎの場所近くやって来たとみれば宿から物乾竿を持ち出してその一群の中の五つ六つを突きつぶすのです。すると四辺四五間四方くらいに群れていた連中はいつ動くとなくまたどこへともなく逃げ隠れて行くのです。そして少なくとも一両日の間はそこに姿を見せませんでした。

魚の話のついでに釣の事を申しましょう。

私の釣りに行ったのは多く磯魚でした。土地では根魚と呼んでいます。海底が磯になっている所即ち砂でなくて石や岩の重畳した様な場所にのみ居る魚の総称です。味は一体に大味ですが、色や形には誠に見ごとなのの多いのが特色です。かさご、あかぎ、ごんずい、くしろ、おこぜ、海鰻、その他なお数種、幾ら聞いても直ぐ忘れてしまう様な奇怪な名を持った魚たちが四辺（あたり）の海で釣れました。餌はしこ、またその一族のはま何とかいうさよりに似た細身の魚を最上とし、それが間に合わずば大方の魚の切肉（きりみ）、即ち共餌（ともえ）ででも釣れるのです。岡からも釣れますが、どうしても船です。一体にここの入江は入江としては非常に深く、ことに岸から直ぐずっと深く切れ込んでいる深みが多いのです。その深み――所によれば二三十尋（ひろ）に及びました――に舷から糸を垂れて釣るのです。

技巧は簡単で、舷に掌を置き、そして親指と人差指との間に持って垂れた釣糸の感触によって魚の寄りを知り、やがて程を見て手速く船の中に巻き上ぐるのです。ただ糸の降りている海底が岩石原であるため、馴れないうちはよく鉤(はり)をそれに引っ懸けました。宿の主人が名人とやらで、それに教わって釣り始めたのですが、三度四度と行くうちにいつか主人より私の方が余計釣る様になりました。親爺(おやじ)負惜しんで曰く、

「おめえたちは指がびるっこいせえに追っつかねエ。」

びるっこいとは柔かな、せえには故にの意。蓋(けだ)し指の柔かなためいち速く糸の感触を受くるから釣りいいのだとの事でしょう。

　何しろ二三十尋もある深みの底から一尺大のかさごなどがその大きな口をあいて、一条の糸につれて重々とあがって来る時の指から腕、腕から頭にかけての感覚の面白さはまったく別でした。海鰻は浅い所でも釣れました。だからその海底に魚の姿を見ながらに釣れるのです。大瀬崎という岬の蔭の磯に此奴(こやつ)の無数に棲んでいる所がありました。ここではまず用意して行った魚の腸（臭い程いいの故、腐っていればなおよし）を海中に投じ、徐ろにそこらの岩や石の間を窺(のぞ)いているのです。すると間もなく赤黄色の斑のある海鰻先生がどの石の蔭からともなくのろっと現われます。出たぞ、と糸をおろすころには、出るわ出るわ、のろりのろ

りと大きな七五三縄の縄片のような奴が縒れつ縺れつ岩から岩の蔭を伝うて泳ぎ廻ります。それの鼻先へ（この先生、眼がろくに見えずただ匂だけで動くのだそうです、だから余計に間が抜けて見えます）餌を突きつけて釣るのですからわけはありません。但し此奴釣りあげてから厄介で、私などの細指をばただの一噛みで噛み切ろうという鋭い歯を持っているので、鉤をはずすが大難渋、私など大抵一匹ごとに鉤を切って新たなのを用いました。大きいのになると幅二三寸長さ二三尺のものがいました。形美ならず、味また不美。

思い出して来るといろいろありますが、もう一つ、毎日の夕方の事を書いてこれを終りましょう。ア、朝起きてから顔も洗わずに、まだ日のささぬうす黒い海面へ庭さきからざぶりと飛び込む愉快さをも書き落していましたね。

この村から毎日早朝沼津へ向けて出る発動機船があります。そしてそれは午後の四時、五時の頃に村へ帰って来るのです。私はいち速くこの船の人たちと懇意になって、いろいろと便宜を得ました。そんな佗しい漁村の、そんな佗しい宿屋のことで、何も御馳走がありません。ほとんど自炊をしている形で私たちはそこの一月を送ったのですが、その食料品をば全てこの発動機船に頼んで沼津から取り寄せたのです。それればかりでなく、沼津の留守宅から廻送して来る郵便や新聞等も途中一二箇所の郵便局の手を経るよりもこの船に頼んで持って来て貰う方がずっと速かったのです。

夕方の四時近く、いつとなく夕涼が動き出して西日を受けた入江の海の小波が白々と輝き出した頃、泳ぎに疲れた二階の一家族は誰かれとなく一様に沖の方に眼を注ぎます。

「来た、来た、壮快丸が見えますよ、父さん！」

兄がこう叫びます。

「どれ、どれ、……ううん、あれは常盤丸だよ、壮快丸ではないよ。」

「嘘言ってらア、ごらんよ、ぺんきが白じゃァないか。」

「ア、そうだ、今日も兄さんに先に見附けられた、つまんないなア。」

と妹が呟きます。

大抵親子二三人してその壮快丸の着く所へ出懸けます。そして野菜や（海岸には大抵どこでもこれが少ない）肉や郵便物を受取ってめいめいに持って帰ります。帰ってから兄は水汲み、妻は七輪、父親はまた手網を持って岸近く浮けてある生簀に釣り溜めておいた魚をすくいに泳ぎ出すのです。

八月が終りかけると母と子供とは学校があるので家の方に帰り去り、父親一人は釣に未練を残してもう二三日とその宿に残りましたが、越えて九月一日の正午、例の大地震を食って大いにうろたえたのでした。

地震日記

伊豆半島西海岸、古宇（こう）村、宿屋大谷屋の二階のことである。九月一日、正午。その日の昼食はいつもより少し早かった。数日前支那旅行の帰りがけにわざわざそこまで訪ねて来てくれた地崎喜太郎君が上海からの土産物の極上ウイスキイを二三杯食前に飲んだのがきいて、まだ膳も下げぬ室内に仰臥してうとうとと眠りかけていた。

そこへぐらぐらッと来たのであった。

生来の地震嫌いではあるが、何しろ半分眠っていたのではあるし、普通ありふれたものくらいにしか考えずに、初めは起上る事もしなかった。ところがふと見ると廊下の角に当る柱が眼に見えて斜めになり、かつそれから直角に渡された双方の横木がぐっと開いているのに気がついた。

とおもうと私は横っ飛びに階子段の方へ飛び起きた。同時に階下の納戸の方で内儀の、

「二階の旦那！」

と叫ぶ金切声が耳に入った。が、その時にはその人より私の方がよっぽど速く前の庭にとび出していた。

すると、ゴウッ、という異様な音響が四方の空に鳴り渡るのを聞いた。見れば目の前の小さな入江向うの崎の鼻が赤黒い土煙を挙げて海の中へ崩れ落つるところであった。オヤオヤと見詰めているとツイ眼下の、宿から隣家の医師宅にかけて庭の塀下を通っている道路が大きな亀裂を見せ、見る見る石垣が裂けて波の中へ壊れて行った。

これは異常な地震である、と漸く意識をとり返しているところへ、また次の震動が来た。地響とか山鳴とかいうべき気味の悪いどよみが再び空のどこからか起って来た。村人の挙ぐる叫びがそれに続いてその小さな入江の山蔭からわめき起った。

三度、四度と震動が続いた。そのうち隣家医師宅の石塀の倒れ落つる音がした。

それこれを見ているうちにまず私の心を襲うたものはツイ眼下から押し広まって行っている海であった。海嘯であった。

不思議にも波はぴたりと凪いでいた。その日は朝からの風で、道路下の石垣に寄する小波の音が断えずぴたりぴたりと聞えていたのだが、耳を立ててもしいんとしている。そして海面一帯がかすかに泡だった様に見えて来た。驚いた事にはそうして音もなく泡だっているうちに、ほんの二三分の間に、海面はぐっと高まっているのであった。約一個月の間見て暮した宿屋の前の海に五つ六つの岩が並び、満潮の時にはそのうちの四つ五つは隠れてもただ一つだけ必ず上部一二尺を水面から抜き出している一つの岩があったが、気がつけばいつかそれまで水中に没している。

「此奴は危険だ！」

私は周囲の人に注意した。そしてまさかの時にどういう風に逃げるべきかと、家の背後から起って居る山の形に眼を配った。

海の水はいつとなく濁っていた。そして向う一帯の入江にかけて満々と満ちていたが、やがて、「ざァっ」という音を立つると共に一二町ほどの長さの瀬を作って引き始めた。ずっと浜の上の方に引きあげてあった漁船もいつかその異常な満潮にゆらゆらと浮いていたのであったが、急激な落ち潮に忽ち纜（ともづな）を断たれて悠々と沖の方へ流れてゆく一つ二つが見えた。あれほど常平生（つねへいぜい）船を大事にする浜の人たちも、それを見ながら誰一人どうしようという者がなかった。

そうした景色を見ながら直ぐ心に来たのは沼津の留守宅の事であった。四人の子供に、あの旧びはてた家屋、男手の少ないところでどうまごついているであろうとおもうと、とてもじっとしていられなかった。この有様では既に電報線のきく筈はないと思いながらも、兎に角郵便局まで行ってみようと尻を端折った。数日前から階下の部屋に滞在している群馬県の社友生方吉次君も、

「一人では心細いでしょう、私もゆきましょう。」

と同じく裾をまくしあげた。

郵便局は古宇村から一つの崎の鼻を曲った向うの隣村立保（たちぼ）というに在るのであった。その鼻に沿うて海沿いにゆく道路はツイ先刻第一の震動と共に崩壊するのを眼前見ていた。で、その崎山の峠を越えてゆく旧道があるということをフッと思い出して、それを越えてゆくことにした。

古宇村は戸数六十戸ほどの、半農の漁村で、二つの崎山の間に一摑みに家が集っているのである。その部落の間を通り抜けようとすると、なんと敏速に逃げ

出したことか、家という家がみな戸をあけすてたまま、屋内には早や一個の人影をも留めていなかった。そしてずっと山の手寄りの田圃の間に一かたまりに集って海面に見入っているのが見えた。

部落を通り抜けて旧道を登りにかかると、そこには木立のたちこんだ間に、幾つかの亀裂の出来ているのが見えた。荒れ古びた小径の草むらの中には先から先と大小の石塊が真新しく転げ落ちていた。とても徐歩する事が出来ず、小走りに走ってその山蔭の村立保へと降りて行った。

ここの亀裂は古宇より更にひどかった。か細い女の身で大きな箪笥を横背負に背負い込んで山手の方へ青田中を急いでいる者や、米俵を引っ担いで走っている若者などが入り乱れて見えていた。海岸の高みには老人たちが五六人額をあつめて遠くの海上を眺めていた。

郵便局に行くと一人の老人を広い庭の真中に寝かして、二三人の若い女が手に傘を持ってその周囲に日を遮っていた。病人らしかった。案の如く電報電話とも不通であった。心休めに、もし通ずる様になったら早速これを頼みますと頼信紙を頼んでおいて、二人はまた山の旧道を越えた。

古宇の村はずれにかかると、土地の青年団の一人がわざわざ我々の方に歩いて

来て、

「今夜は津浪が来るそうですから直ぐあそこに行ってて下さい、村の者は皆行っていますから。」

と山の方を指ざした。坐りもやらず群衆はそこに群っている。

「難有(ありがと)う！」

海岸に似合わない人気のいい人情の純なこの村の気風を、改めてこの紅顔の一青年に見出しながら私達は礼を言って急いで宿に帰った。

宿でも評定(ひょうじょう)が開かれていた。元来いま帰りがけに見て来たところでは村内全部が雨戸を閉じて山の方へ引上げているので、まだ平常のままに戸をあけているというのはこの宿屋一軒きりであったのだ。それを私は私たちに対する宿の遠慮からだとおもった。で、いま途中で逢って来た青年の勧告のことを告げて、一緒にこれから立ち退こうと申し出た。

「それがネ旦那」

宿の婆さん――主人の母で七十近くの――が私の側に寄って来た。そして安政二年にも地震と共に大津浪がやって来て、この古宇村全帯を破壊し、洗い浚(さら)って行ったことがある。その時に不思議にもここ一軒だけは地震にも崩れず、津浪にも淩(さら)われず、人々に奇異の思いをさせたのであったが、もともとこの家は裏の山続きの岩を切り拓いてその上に建てたものであり、また僅かの事だが家の所在が一寸して崎の鼻の蔭に位置しているので津浪からも逃れたのであろうということになっていた。だから今度も大抵大丈夫であろうとおもうが、それとも旦那たちが気味が悪ければ逃げましょう、まアまア念のために飯をばいまうんと炊いている処だというのだ。

しっかり者のこの老婆の言うことをば何故だがそのまま信用したかった。そしてもしもの事のあった時の用意だけをしておいて山へ逃げるのを暫く見合わすことにした。

それでも屋内に入って居れなかった。縁側に腰かけるか庭に立つか、たえず揺って来るのに気を配りながらも海面からは眼が離せなかった。

「や、壮快丸じゃないかナ。」

私は思わず大きな声でそう言いながら庭先へ出て行った。遥かの沖に、ただ一個の白点を置いた形で眼に映った船があった。その時どうしたものか見渡す沖には一艘の小舟も汽船も影を見せなかった。そこへ白い浪をあげて走って来るこの一艘が見え出したのだ。

「ア、ほんとだ、壮快だ壮快だ、オーイ、壮快丸がけえって来たよう。」

宿の息子も誰にともない大きな声をあげた。壮快丸とはこの古宇村の人の持船で、ここから他三四ヶ所の漁村を経て沼津へ毎日通っている発動機船であるのだ。

「今日は直航でけえって来たナ、どうだいあの浪は！」

裸体のままの宿の亭主も出て来た。なるほどひどい浪である。舳（へさき）にあがっているその白浪のために、こちらに直面している船の形はほとんど隠れてしまっているのだ。

「ひでえ煙を出すじゃアねエか、まるで汽船とおんなじだ、全速力で走ってやがんナ。」

いよいよ壮快丸だと解った頃には山に逃げていた人たちもぞろぞろとその船着場ときめてある海岸に降りて来て集った。私たちもその中に入っていた。船は全く前半身を浪の中に突き入れる様にして速力を出している。そして間もなく入江の中に入って来た。

船内には無論客も荷物もなく、丸裸体の船員だけが二三人浪に濡れて見えていた。

「どうだい、沼津は？」

「ええもんだ、船着場んとこん土蔵が二三軒ぶっ倒れた、狩野川がまるで津浪で船が繋いでおかれねえ。」

まだ碇をもおろさない船と陸の群衆との間には早や高声の問答が始まった。

小舟で漕ぎつける人も出て来た。そしてそこあたりから伝えられたらしく、今夜の十二時に気をつけろ、でっけえ奴が揺って来ると沼津の測候所でふれを出した、三島町は全滅で、山北では汽車が転覆して何百人かの死人が出たそうだ、などと入江向うの新聞が異常な緊張を以て口から口に伝えられた。そこへ誰から渡されたとも気のつかぬ手紙が私の手に渡された。大悟法利雄君の手である。胸を躍らせながら封を切った。

ひどい地震でしたネ、先生大丈夫ですか。こちらはただ壁と屋根瓦が落ちただけで皆無事ですから御安心下さい。

引き続いて来た三つの大震動がいまやっと鎮まったところ、先生が心配していらっしゃるだろうと思うので取敢えずこれだけを書いて船に駆けつけます。

と簡単だが、これだけ読んで私はほっとして安心した。そしてよくこそ取込んだ間にこれだけでも知らしてくれたと大悟法君に感謝し、船の人たちにも感謝した。

いそいそと宿へ帰ろうとすると、そこの道ばたに一人の少年が坐っている。見れば見知合の郵便配達夫で、顔色が真蒼だ。

「どうした、おなかでも痛いか。」

と訊くと、自分の頭を指ざす。

幸いその側に医者の家があるのでそこへ連れて行った。

「ア、脳貧血ですよ、これは！」

と言ったきり、薬の事をば何とも言わず、そそくさとどこかへ出て行った。お医者様ひどく惶(あわ)てているのである。

止むなく私は宿に少年を連れて帰った。そして縁側に寝かし、仁丹など飲ませて静かにさせながら、やがて訊いてみると、これから二里ほど岬の方に離れて江梨という漁村がある、そこまで配達に行って帰って来る山の中で例の「ドシン！」に出合ったのだそうだ。山の根に沿うた路のことで大小雑多な石ころが、がらがらと落ちて来る、人家はなし、走ろうにも足がきかず、漸(ようや)くここまで出て来たらもう立って居る事も出来なくなったのだそうだ。

夕方まで寝ていると、顔色も直って、笑いながら帰って行った。

「サテ、慄(ふる)えてばかりいても為様(しよう)がない、一杯元気をつけましょうか。」

そう言いながら私は二階に酒の罎をとりに上って行った。そして、思わず立ち止りながら大きな声で笑い出した。倒れも倒れたり、一升罎が三本麦酒罎が三本――これらは皆カラであった――ウィスキイ（一本はカラ）二本が、全部横倒しになって部屋のそちこちに泳ぎ出して来ているのだ。時ならぬ笑声に驚いて宿の亭主も上って来た。そして一緒に笑い出した。

「一本取って来ましょう。」

「しかし、店は戸をしめてましたよ。」

「なアに、こじあけて取って来ますよ。」

村はほんとにノンキであった。果して一升罎を提げて、なお缶詰をも持って、人の子一人いない部落の方から亭主は帰って来た。「先生、惜しいことをしましたよ。店では実のある奴が二三本ぶっ壊れて酒の津浪でしたよ。」

庭の一隅に板を並べ茣蓙(ござ)を敷き、そこを夕餉の席とした。生方君と今一人、二三日前から泊り合せている真田紐(さなだひも)行商人の老爺との三人が半裸体になりながら冷酒のコップを取った。そこへ消防が来、青年団の人たちが見舞にやって来た。

その間にも、ズシン、ズシンと二三度揺って来た。海はしかし却って不気味なくらいに凪いでいた。そしてまた何という富士山の冴えた姿であったろう。

雲一つない海上の大空にはかすかに夕焼のいろが漂うていた。そしてその奥には澄み切った藍色がゆたかに満ち渡っている。そこへなお一層の濃藍色でくっきりと浮き出ているのが富士山であるのだ。

「こんな綺麗な富士をば近来見ませんでしたねエ、何だか気味の悪いくらいに冴えてるじゃァありませんか。」

暫くもそれから眼を離せない気持で私は言った。

やがて四辺が暗くなった。暮れた入江のちょうど真向う、山の端の空が、半円形を描いてうす赤く染って見えた。

「火事だナ、三島には遠いし、どこでしょう。」

「小田原見当ですネ。」

「箱根の山でも噴火したではないでしょうか。」

噴火ならば爆音がある筈である。火事とするととても小さなものではない。

「今夜の十二時に気をつけろってのは本当でしょうか、どうしてそういう事が解るでしょう。」

「中央気象台からでも何か言って来たのでしょう。」

「電報がきくかしら。」

戸外に寝るには私は風邪が恐かった。で、縁側に床を伸べて横になった。ツイ鼻さきの前栽には鈴虫が一疋、夜どおしよく徹る声で鳴いていた。

夜警の人が折々中庭に入って来た。


九月二日早朝、出渋る壮快丸を村中して促して沼津に向った。乗船した人の過半は沼津の病院に病人を置いている人たちであった。

壮快丸から降りると私はすぐ俥を呼んだ。町中すべて道路に畳を敷いて坐っていた。一月ほど見なかったこの町の眼前の光景が一層私には刺戟強く映った。

「オ、今、お帰りですか。」

と声をかくる知人もあった。

香貫（かぬき）の自宅近くの田圃中の畦道には附近の百姓たちが一列に蓆（むしろ）を敷き、布団を敷いて集っていた。

私の姿を見るや否や、

「ア、けえって来たけえって来た。」

と誰となくささやく声が聞えた。笑顔の二三人は立ち上って頭をさげた。

門を入ろうとすると、青い蚊帳が見えた。門から中門までの砂利の上、松や楓の木の間に三つ吊ってあるのだ。夜具が見え、ぬぎすてた着物が木の枝にかけてあった。

「やア、とうさんだとうさんだ、かアさアん、とうさんが帰って来たよウ！」

忽ち湧き起る四人の子供たちの叫びが私を包んだ。

思いがけぬ綿引蒼梧和尚の大きな図体がのっそりと半吊りの蚊帳から表われた。

「やア、君が来ていたのか！」

「ウン、一昨日来てひどい目にあったよ。」

「そうか、それはよかった。」

星君も日疋君も出て来た。彼等の下宿している亀谷さん一家が私の宅に逃げて来て一緒に蚊帳を並べたのだそうだ。大悟法君は壁の落ちた玄関から出て来た。臨時の炊事場が裏庭に出来ていた。頬かむりの妻がほてった顔をしてそこから来た。

「ヤアとうさんだとうさんだ、うれしいなうれしいな。」

子供の叫びはなかなかに止まなかった。

三日には雨が来た。しかも強い吹き降りであった。うろたえて庭のものを取り込んでいる一方では室内にぽとぽとという雨漏りの音が聞えはじめた。もともと旧い家で、少し降りが強いと必ず漏るには漏ったが、それは場所がきまっていた。今度もツイその気でいると、座敷が漏る、茶の間が漏る、玄関、奥座敷、二階などは天井の板の目に列をつらねて落ちている。器具を片寄せる。畳をあげる。ふと気がついて一つの押入をあけてみるとそこの布団はぐっしょりだ。周章(うろた)えて他のをあけてみるとそこも同断である。台所、便所にまでポチポチと音が聞えだした。僅かに離室とそれに隣(とな)った湯殿とだけが無事だ。湯殿は早速物置になった。

そこへ例の「風説」がやって来た。今夜から土地の青年団が夜警をするから、庭の木戸など一切締めずに彼等の通行に自由ならしめて貰いたい、と達して来た。

「恐いなア、おとうさん、どうしましょう。」

子供たちは真実顔色を変えている。

四日の夜なかであった、ただならぬ声で私を呼ぶ者がある、一人ならぬ声だ。三日の雨から庭に寝るのをよした代りに、雨戸はすべてあけ放ってあるので、早速私はその声の方へ出て行った。

見ると五六人の青年が一人の男の両手をとり、肩を捉えて居る。呆気にとられてよく見ると、捕えられている男は古宇で別れて来た、生方君であった。急に私の方に来たくなり、夜みちをしてやって来る途中、青年団につかまった。どこへゆく、こういう人の所へ行く、嘘を言え、何が嘘だ、が嵩（こう）じてとうとうここまで引きずられて来たのだそうだ。青年たちも生方君も汗ぐっしょりである。

二日、三日、四日と夢中で過して漸く落着きかけた五日の午後、私は三島町の塚田君を見舞おうと思い立った。同君には沼津の稲玉医院副院長時代、始終子供たちの身体を診（み）て貰っていた。三島に単独に開業してまだ幾らもたたぬにこの騒ぎで、しかもそちらは随分ひどくやられたと聞いて前から気になっていたのである。電車の運転が止まっているので、旧街道の埃道をてくてくと歩き始めた。尻端折（しりはしより）で歩くという事が不思議に私の心を静かにしてくれた。と共に急にいろいろな事が思い出されて来た。まず東京横浜の知人たちの身の上である。

この三日あたりから今度の事変の範囲が漸く解りかけた。そして何より驚かされたのは東京横浜地方に於ける出来事であった。ほとんど信じ難い事であったが、しかも刻々にその事実が確められて来た。次いで起って来たのはそうした大事変の中に於ける我が知人たちの消息如何である。どこどこが焼失したと聞けばそこに住んで居る誰彼の名が、顔が、直ぐ心に浮んだ。死傷何万人と聞けばどうしてもその中に二人や三人は入っていなければならぬ様な気がしてならぬのである。丸ビルの八階はどうだ、六階はどうだったろう、窓から飛んで二百人死んだというではないか、通新石町の土蔵はこれは最も危険だ、女の身でどうして逃げられたろう、身一つならばだが親を連れてはどんなに難儀したであろう、とそれからそれと想像が走る。しかも明るい方へは行かないでどうしても暗い方へ暗い方へとのみ走りたがるのだ。先月伊豆に訪ねて来てくれた時、今から思えばいつもほど元気がなかった、虫が知らしてお別れに来たのではなかったか、などと全く愚にもつかぬ事まで気になって来る。

便所に行った時、枕についた時、僅かの隙を狙っては起って来るこれらの懸念や想像が、いまこうして独りで歩いているとあたかも出口を見付けた水の様に汪(おう)然(ぜん)として心の中に流れ始めたのだ。果ては歩調も速くなって、汗をかきながら急いでいたが、黄瀬川の橋にかかった時、私は歩くのをよしてその欄干に身を凭(よ)せかけた。そして汗を拭き帽子をとってその熱苦しい想像邪念を追払おうと努めた。

が、それは徒労であったばかりでなく、却って一種の焦燥をさえ加えた。焦燥はやがて一つの決心を私に与えた。

「よし、行って来よう、行って見て来よう！」

そう思い立つともう大抵無事だと解っている三島の方へなど行ってはいられなかった。三島はあと廻しだ、と思い捨てながらとっとと踵をかえして歩き始めた。

家に帰ってから妻との間にいろいろの問答や相談が繰返された。入京の非常に難儀なこと、私自身の健康のこと、旅費のこと、それからそれと頭の痛くなるほど繰返されているところへ、ひょっこり庭先へ服部純雄さんがやって来た。彼は昨日岡山から職員総代、学生総代その他と三人の人を連れて、

「君たちを掘り出すつもりでやって来たのだが、まアまア噂の様でなくてよかった。」

と、言いながら、その明るい笑顔を見せたのであった。関西地方では最初沼津地方激震死傷数千云々という風に伝えられ、それに驚いて飛んで来たのであったそうだ。その服部さんが勇ましい扮装を見せながら、「とても君危険で箱根から向うには行けないそうだ、ここまで来たついでに東京まで行ってやろうといま町でいろいろ用意をしたんだが……」

と、その種々の危険を物語った。

「それではあなたにも到底駄目ですネ。」

と諦め顔に細君が私を見た。

そして、その日の夕方、代りに大悟法君が万難を冒して出かくるということに事は急変したのであった。

明けて六日の午前中、大悟法君と二人沼津中を馳け廻って用意を整え、正午、折柄安否を気遣って伊豆から渡って来てくれた高島富峯君と共に大悟法君の悲壮な出立を沼津駅に見送ったのであった。

箱根を越え、御殿場を越えて逃げて来た所謂羅災民の悲惨な姿で沼津駅前あたりが一種の修羅場化している話をば人づてに聞いていたが、私が直接にそうした人を見たのはその六日の夕方、自宅の庭に於てであった。

玄関に立っている異様ないでたちの青年に見覚えはあったが、直ぐには思い出せなかった。名乗られてみればそれは三年ほど前に、当時長野市にいた柴山武矩君方で逢った同君の末弟四郎君であった。

「ア、そうでしたネ、さアお上んなさい。」

「まだ二人ほど連れがあるんですが……」

「どうぞ、お呼びなさい。」

一人は四郎君のすぐ上の兄さんで早稲田大学、一人はその友人で農科大学の学生だと解ったが、三人とも古びた半纏（はんてん）を引っかけたままで下はから脛の、見るからに変な様子であった。

「アッ！」

私は初めて気がついた、彼等はすべて小田原の人であったのだ。それで、この異様な様子が呑み込めると同時に口早やに問い掛けた。

「君等はやられたのですね、どうでした、小田原は？」

「すっかりやられました、身体一つで焼出されました……」

漸く私は彼等を座敷に招じた。聞けば彼等は三人共各学校柔道の選手で、九月一日には小田原小学校で始業式の済んだあとが柔道大会となり、彼等は全て柔道着か裸体かになって式場（雨天体操場などであったろうと思う）に出ていた。ドッと来ると共に学校は潰（つぶ）れてしまった。幸い彼等のいた場所は場内の中央であったため、落ちた屋根もそこだけは多少の空隙を残していて圧死をば免れたが、まん中どころ以外に並んで見物していた幼い生徒たちはほとんど全部ひしゃがれてしまった。そのうち小使部屋から火が出た。どこをどう掻き破って出たのだか兎に角に三人とも素裸体で、諸所に擦傷を負いながらもつぶれた屋根の下から這い出す事が出来た。出てみると町にはすっかり火が廻っていたそうだ。そこへ津浪が寄せ、やがて凄じい竜巻が起って紙片の様に人間その他を空中に巻きあげた。

「何しろ町中全部が焼けたものですから食物が無いのです、救助米が多少廻ってるのですけれど、如何してだか東京方面を主にして小田原などにはほんの申し訳ばかりにしかよこさないのです、で、米を少し持ってゆこうとこれから鈴川の親戚まで行くところです。」

と一人が言うと、一人は笑いながら着ている半纏を引っぱって、

「裸体ではしょうがないものですから、途中の親戚で道了講（どうりょうこう）の宿屋をしている家に寄ってこれを三枚貰って来たのです。」

私は今朝小田原から山を越えて来たという三人に強いて足を洗わせて、今夜ここに泊る事にさせた。そしてようこそここに私の住んでいる事を思い出してくれたと想った。

酒を取りにやった女中が帰って来たらしく、勝手の方で時ならぬ笑い声がするので行って訊いてみると、近所の者が酒屋に集って、

「いま若山さんところに不逞鮮人が三人入って行ったが、どういう事になるだろう。」

と騒いでいたというのだ。なるほどそう言われれば三人共髪の長い、眼のぎょろりとした、背の痩高い連中で、おまけに人夫などの着そうな半纏を着たところ、鮮人と見られても否やは言えぬ風采であったのだ。

久し振だ、勿体ない様だと言いながら三人の人たちが盃をあげているところへ、

「先生、やって来ましたよ。」

と、聞き馴れた声が玄関で起った。思いもかけぬ笹田登美三君が大きな荷物を担いで立っているのだ。

「やア笹田さんだ笹田さんだ。」

子供たちが一斉に飛び出して来た。同君はやはり大阪地方の新聞記事を見て、不安でならぬので出懸けて来てくれたのであった。そしてそれこそ喰べものにも困っていはせぬかとわざわざ沢山な餅をついて担いで来てくれた。なお来がけに寄った大阪の某君の許から頼まれたといって渡された包を開いてみると、食料、薬品、燃料と、くさぐさの心づくしが収めてあった。

「まアほんとに、どうしましょうねエ。」

一つ一つ手にとっては妻は早や涙ぐんでいる。

やがて皆床を敷いて横になった。その前から小さなのが一つ二つとゆれていたのであったが、九時頃でもあったか、やや大きいのがゆらゆらと動いて来た。ちょうど私は便所に行こうと廊下を歩いていた所で、「来たナ」と思って立ち止った途端にツイ眼の前の座敷から、

「ワッ！」

と言うと身体を揃えて庭の方へ飛び出したものがあった。びっくりして見ると小田原組の三人だ。揃いも揃って長いのが三人、水泳の飛び込みそこのけの恰好で、双手を突き拡げて二三間あまりも闇を目がけて跳躍した有様はまったく壮観で、フッと思うと同時にこみあげて来た笑いは永い間私の身体を離れなかった。

彼等も私に合わせて笑うには笑ったが、それからどうしても屋内に眠る事が出来なくなり、とうとう莫蓙を持ち出して庭の木蔭に三人小さくかたまって寝てしまった。私たちは三日の雨の夜から引続いて屋内に寝る事になっていたのだ。

待たれるのは被害地からの便りであった。

大悟法君からの第一便は名古屋駅から来たがそれからぴったり止ったままで何

の音沙汰も無い。東京、横浜の誰一人からも来ない。毎日町へ出かけて買って来る大阪地方の新聞紙は日一日と不安を強め確かめてゆくばかりだ。

そこへ十日の正午少し前、電信配達夫が門前に自転車を乗りすてた。その姿を見るとすぐ私は机を離れて玄関へ急いだのであったが、妻の方が速くそこに出て受取った。そして発信人の名を、

「ミ、チ、ヤ」

と読んだのを耳にした。

「ナニッ！」

と言いさま彼女の手から引っとって中を見た。

「コチラヘキタアスユク」

シズオカ局発である。

妻とただ眼を見合せた。

「生きてたナ！」

という感じが、言葉にならずに全身に浸み巡ったのである。

電報は二通であった。他の一通の発信人には「トシヲ」とある。

「トウケウミナブ　ジ　アンシンセヨイマヨコハマニユク」

発局は同じく静岡だ。

「道弥さんが生きて帰って、それに利雄さんがことづけたのだ。」

と直ぐ思った。

皆無事、の範囲は解らないが兎に角におもな人たちに事の無かったとだけは解してよろしい。

泣くとも笑うとも解らぬ顔を突き合せて夫婦はなお暫く無言のまま縁側に立っていた。

「オイ、今日のお昼には一杯つけるのだよ。」

厳として妻に命令した。地震記念に私は永年の習慣となっていた朝酒と昼酒とをやめる事に三四日前からなっていたのだ。

九月六日附、「再度上京の時」と脇書した鉛筆の葉書が十一日に中島花楠君から来た。あとで思ったのだが恐らくこれは高崎の停車場あたりで書かれたものだろう。


貴方のお宅もお見舞いせず、失礼。遂々(とうとう)本所の両親弟妹四人が完全に焼死したという悲しきお知らせをします。何が何だか解らない頭で焼跡をウロウロしていきます。是から義弟の家へ（是は無事）整理にゆく処です。咲子の家（芝新堀）も全焼です。是にはまだ行きませんから生死は判りません。社友の中にも気の毒な方が少くないでしょう、高久君はどうしたろう。

中島君が早々東京へ出立した事をば名古屋の他の社友から早速通知があって知っていた。行ってそしてこんな事になったのだ、と暗然とした。後で直ぐこの取消は来たのであったが。

十一日にミチヤさんが静岡の実家からやって来た。見るからに憔悴して、さながら生きた幽霊といった形である。不思議な気持で食卓を中に相向いながら、私は幾度も涙を飲んだ。瞳孔も緊っていず、ともすれば話の返事もちぐはぐになりがちであった。

しかし、この人に逢って愈々（いよいよ）東京の大体は解った。誰も無事、彼も無事、あの人も私同様着たままで焼出されたそうですけれど、命だけは助かりました、という同君の話を聞きながら、又しても瞼は熱くなって来るのである。

「そうすると、ほとんど全部東京の知人は助かったというわけか、どうも本統でない様な気がするが。」

「まったく何かの奇蹟を聞く様ですね。」

と妻も食卓にしがみつく様にしていて言った。

サテ横浜が気になる。長谷川も、斎藤も、梅川も、自宅は横浜で、会社は東京だ。

そこへ「トシヲ」の電報が来た。十二日午後零時三十分、「テツセンダイ」局発だ。

「ギ　ンサクキリコブ　ジ　イヘマルヤケ」

越えて十三日にまた同文のものが「ゴテンバ」局発で来た。おもうに同君が大事をとって一は東北方面へ、一は関西方面へ逃げてゆく人に托して同文のものを発したのであったろう。

それから続いて追々と各自に無事を知らせる通知が来たが、中に横浜の高梨武雄君からの封書で、

（前略）以上の人みな無事、ただ一人金子花城君のみ今以て行方不明です。

といって来た。そして終にこの人だけは永遠に我等の世界の人でなくなった事を、ずつと遅れて二十七日に知る事が出来た。

予定した行数を夙に超過しながら書きたい事は一向に尽きない。いっそ、この十日前後の記事を以てこの変体な日記文を終ろうと思う。この偉大な事変に対して動かされた我等の心情も実に多大なものがあった。しかし、それはまだまだものに書き綴るべき境地にまで澄んでいない。我等はいまなお実に不安な動揺の中に迷って居るのだ。ここにはただノート代りのこの記事を残して恐しかった「彼の時」の思い出にするのみである。（九月二十九日）

火山をめぐる温泉

信州白骨(しらほね)温泉は乗鞍岳北側の中腹、海抜五千尺ほどの処に在る。温泉宿が四軒、蕎麦屋(そばや)が二軒、荒物屋が一軒、合せて七軒だけでその山上の一部落をなしておるのである。郵便物はその麓に当る島々村(しましまむら)から八里の山路を登って一日がかりで運ばるるのである。急峻な山の傾斜の中どころに位置して、四辺をば深い森が囲んでいる。渓川の烈しい音は聞えるが、姿は見えない。

胃腸病によく利くというので友だちに勧められ、私はそこに一月近く滞在していた。九月の中ごろからであった。元来この温泉は信州といってもおもに上下の両伊那郡及び木曾路一帯、美濃の一部にかけての百姓たちがその養蚕あがりの疲労をいやすために大勢して登って来るので賑う湯だそうで、八月末から九月初めにかけては時とするとその四軒の宿屋に七八百人の客が押しかける事があるという。私の行った時はほぼその時期を過ぎてもいたし、ちょうど蚕の出来が悪くて百姓たちも幾らか遠慮したと見え、それほどの賑いを見ずにすんだ。白骨に行けばその年の蚕の出来栄が判るとまで謂われているのだそうである。しかし、行った初めには私の宿屋にだけでも二百ほどの客が来ていた。が、彼等は蚕が済んで一休みすると直ぐまた稲の収穫にかからねばならぬので、永滞在は出来ない。五日か七日、精々二週間もいれば帰ってゆく。初め意外な人数と賑いとを見て驚いた私の眼にはやがて毎日毎日五人十人ずつ打ち連れて宿の門口から続いている嶮しい坂路を降りてゆく彼等の行列を見送ることになった。そして私自身その宿屋に別るる頃にはそのがらんどうの宿屋に早や十人足らずの客しか残っていなかった。

幾つか折れ込んだ山襞（やまひだ）の奥に当っているので、場所の高いに似ず、ほとんど眺望というものがなかった。ただ、宿屋から七八町の坂を登って、或る一つの尾根に立つと初めて打ち開けた四方の山野を見る事が出来た。並び立ったとりどりの山の中に、異様な一つの山が眼につく。さほど高いというでないが他とやや離れて孤立し、あらわに禿げた山肌は時に赤錆びて見え時に白茶けて見えた。そしてその頂上から、また山腹の窪みから絶えずほの白い煙を噴いている。考うるまでもなくそれは乗鞍岳に隣っている焼岳である。

私は前から火山というものに心を惹かれがちであった。あらわに煙を上げておるもよく、噴き絶えてただ山の頂きをのみ見せて居るも嬉しく、または夙うの昔に息をとどめて静かに水を湛えておるその噴火口の跡を見るも好ましい。で、永滞在のつれづれに私は折があればその尾根に登ってこの焼岳の煙を見ることを喜んだ。そしてどうかして一度その山の頂上まで登ってみたいと思い出した。が、もうそこに登るには時が遅れていて、宿屋の主人も番頭も私のこの申し出でに対してほとんど相手にならなかった。止むなくそれをば断念して、せめてその山の中腹を一巡し、中腹のところどころに在ると聞く二三の温泉にでも入って来ようと思い立った。

私はまた温泉というものをも愛しておる。同じ温度の湯でも、ただの水を人の手で沸かしたものより、この地の底の何処からか湧いて来る自然の湯にいい難い愛着を感ずるのである。色あるも妨げず、澄みたるは更によく、匂いあるも無きも、手ざわり荒きも軟かきも、すべてこの大地の底から湧いて来る温かい泉こそはなつかしいものである。そこに静かに浸っていると、そぞろに大地のこころに抱かれてでもいる様な心やすさが感ぜられる。

　十月十五日、私は白骨（しらほね）温泉の宿屋の作男（さくおとこ）を案内としてまず焼岳のツイ麓に在る上高地温泉に向うた。行程四里、道は多く太古からの原始林の中を通じていた。そしてその広大な密林を通り過ぎると、大正三年焼岳の大噴火の名残だという荒涼たる山海嘯（やまつなみ）の跡があり、再びまた寂び果てた森なかを歩いてやがて上高地温泉に着いた。一軒建の温泉宿はその森のはずれに、山の上とは思われぬ大きな川を前にしてひっそりと建っていた。川は梓川である。

　上高地温泉といえば日本アルプスの名と共にほとんど一般的に聞えた所であるが、アルプス登山期が七月中旬から八月中旬に限られてある様に、その時期を過ぐればここもほんの山上の一軒家になり終るのである。まして私どもの辿りついた十月なかばというには無論のこと一人の客もなく、家には玄関からして一杯に落葉松（からまつ）の松毬（まつかさ）が積み込まれてあった。通された二階は全部雨戸が閉ざされて俄に引きあけた一室には明るく射し込んだ夕日と共に落ち溜った塵埃（じんあい）の香がまざまざと匂い立った。湯ばかりは清く澄み湛えていたが、その流し場にはほんの一部を除いて処狭く例の松毬が取り入れられてあった。これを砕いて中のこまかな種子を取れば一升四円とかの値段で売れるのだそうである。そのために二三人の男が宿屋の庭で黙々と働いていた。

部屋に帰って改めて障子を開くと眩ゆい夕日の輝いている真正面に近々と焼岳が聳えていた。峰から噴きあぐる煙は折柄の西日を背に負うて、さながら暴風雨の後の雲の様に打ち乱れて立ち昇っているのであった。

その夜は陰暦九月の満月をその山上の一軒家で心ゆくばかりに仰ぎ眺めた。そして、月を見つ酒を酌みつしながら、私は白骨から連れて来た老爺を口説き落して案内させ、終にその翌日一時諦めていた焼岳登山を遂行することになったのであった。

山の頂上に着いたのは既に正午に近かった。晴れに晴れ、澄みに澄んだ秋空のもと、濛々と立ち昇る白煙を草鞋の下に踏んだ時の心持をば今でもうら悲しいまでにはっきりと思い出す。この火山は阿蘇や浅間などの様に一個の巨大な噴火口を有つことなく、山の八九合目より頂上にかけ、ほとんど到る処の岩石の裂目から煙を噴き出しているのであった。その煙の中に立って真向いに聳えた槍岳穂高岳を初め、飛驒信州路の山脈、または甲州から遠く越中加賀あたりへかけての諸々の大きな山岳を眺め渡した気持もまた忘れがたいものである。更にあちらが木曾路に当ると教えられて振向くとそこの地平には霞が低く棚引いて、これはまた思いもかけぬ富士の高嶺が独り寂然（じゃくねん）として霞の上に輝いていたのである。

頂上から今度は路を飛驒地にとって昨日よりも更に深い森林の中に入った。まことにこれこそ千古のままの森というのであろう。見ゆる限り押し並んだ巨樹老木の間に間々立枯れのそれを見ることがあるとはいえ、ただの一本もまだ人間の手で伐り倒されたらしいものを見ないのである。第一、私にはこうした火山の麓にこうした大森林のあるのからが不思議に思われた。森の中を下る事二里あまり、一つの川に沿うた。川に沿うて下る事約一里、蒲田温泉があった。そこに泊る事にきめて来たのであったが、昨年とか一昨年とかの大洪水に洗い流されたまままだほとんど温泉場らしい形をも作っていなかった。更に下ること二里、福地温泉があった。ここは全く影をも留めず洗い流されていた。

止むなくそこから寒月に照らされながら更に二里の山路を歩いて平湯（ひらゆ）温泉というに辿り着いた。ここは謂わば飛驒の白骨温泉ともいうべく、飛驒路一帯から登って来た骨休めの農夫たちで意外な賑いを見せていた。

この平湯温泉から安房峠（あぼうとうげ）というを越えて約四里、信州白骨へ通ずるのである。即ち白骨、上高地、平湯その他の諸温泉が相結んで一個の焼岳火山を囲んでいるのである。これらの諸温泉はひとしくみな高山の上にあって、所謂（いわゆる）世間の温泉らしい温泉と遠く相離(あいさか)っている。それがまた私には嬉しかった。折があらばまたこの三つ四つの山の湯を廻ってみたいと思う。ただ私はあらゆる場合に於て大勢の人たちのこみ合う中に入って行くことが嫌いである。で、よし行くにしても七八月の登山期、若しくは蚕あがりの頃には行きたくない。

因(ちなみ)にいう、平湯はたしかに一年中あるであろうが、白骨も上高地も雪の来るのを終りとして宿を閉じて、一同悉(ことごと)く麓の里に降(くだ)ってしまうのである。

自然の息　自然の声

私はよく山歩きをする。

それも秋から冬に移るころの、ちょうど紅葉が過ぎて漸くあたりがあらわになろうとする落葉のころの山が好きだ。草鞋ばきの足もとからは、橡(とち)は橡、山毛欅(ぶな)は山毛欅、それぞれの木の匂を放ってでも居る様な真新しい落葉のからからに乾いたのを踏んで通るのが好きだ。黄いな色も鮮かに散り積った中から岩の鋭い頭が見え、そこには苔が真白に乾いている。時々大きな木の根から長い尾を曳いて山鳥がまい立つ。その姿がいつまでも見えて居る様にあらわに明るい落葉の山。

それも余り低い山では面白くない。海抜の尺数も少ない山というちにも暖国の山では落葉の色がきたない。永い間枝にしがみついていて、そしていよいよ落つる時になるともううす黝(ぐろ)く破れかじかんでいる。一霜で染まり、二霜三霜ではらはらと散ってしまうというのはどうしても寒国の高山の木の葉である。従って附近での高山の多い甲州信州上州という風のところへ私はよく出かけてゆく。今年もツイこの間そのあたりを歩いて来た。

　昨年の十月の末であった、利根の上流の片品川の水源林をなす深い山に入り、山中にある沼で鱒(ます)を飼っている番人の小屋に一晩泊めて貰い、翌日そこの老人を案内に頼んで金精峠(こんせいとうげ)というを越えた。その山の尾根は上州と野州との国境をなすところで、頂上の路ばたには群馬県栃木県の境界石が立っていた。それも半(なかば)は落葉に埋っていた。越えて来た方は峡(かい)から峡、峰から峰にかけて眼の及ぶ限り、一面の黒木の森であった。栂(つが)や樅(もみ)などの針葉樹林であった。そして、これから下りて行こうとする眼下には、遠い麓の湯元湖の水がうす白く光って見えた。その湖の縁には今夜泊ろうとする湯元温泉がある筈であるのだ。

　正午近い日がほがらかに照っていた。尾根の前もうしろも見下す限り茂り入った黒木の森だが、僅かに私たちの腰をおろして休んでいる頂上附近だけそれが断えて、まばらな雑木林となっていた。無論もう一つ葉も枝にはついていない枯木の林だ。そこへほっとりと日がさして、風も吹かず、鳥も啼かない。まことに静かだ。

　ふと私は自分の眼の前にこまかにさし交わしているその冬枯の木の枝のさきに妙なものの附いているのを見つけた。初めは何かの花の蕾かとも思った。ちょうど小豆粒ほどの大きさで幾重かの萼みたような薄皮で包まれている。しかし、いま咲く花もあるまい、そう思いながら私はその一つを枝から摘み取って中をほぐしてみた。そしてそれが思いがけないその木の芽であることを知った。木の芽というが、それが開いて葉となる、あれである。

　一つ葉も残ってはいないというものの、ほんの昨日か一昨日散ってしまったというほどのところであった。そうして散ってしまったと見ると、もう一日か二日の間に次の年の葉の芽がこのように枝じゅうに萌え出て来て居るのである。私はまったく不思議なものを見出した様な驚きを覚えた。

　これら高山の、寒いところの樹木たちはこうして惶しい自分等の生活の営みを続けているのである。暫らくもぼんやりしていられないのだ。少しの時間をも惜しんで、自分を伸ばして行こうとしているのである。霜がおりて葉が染まる、落ちる、程なく雪がやって来るのである。そしてそれからの永い間を雪の中に埋っているのだ。その間こそ彼等のどうにもならぬ永い永い休息の時である。年を越えて、恐らく五月か六月の頃までそうして静かにしていねばならぬのであろう。サテ雪が解ける。それとばかりに昨年の秋からこらえていたその芽生（めばえ）の力をいっせいに解きほぐすのである。そう思い始めると私はその静寂を極めた冬枯の木立の間にまことに眼に見えず耳に聞えぬ大きな力の動いているのを感ぜずにはいられなかった。大きな力が、どこともなしに方向を定めて徐（おもむ）ろに動きつつあるのを感ぜずにはいられなかった。

峠をおりて私は湯元温泉に一泊した。そして翌朝そこを立って戦場ヶ原の方へ出ようとしてふと振返ると、昨日自分等の休んだ峠からやや南寄りに聳えて居る尾根つづきの白根山には昨日のうちに早やしらじらと雪の来ているのを見た。

それは樹木の場合である。そうした山国の山の奥で人間たちの営んで居る生活に就いても同じ様な感慨を覚えたことがある。それは畑ともつかぬ山畑に一寸ばかりも萌え出て居る麦の芽を通してであった。

信濃（しなの）から焼岳を越えて飛騨へ下りたことがある。十月の中旬であった。麓に近い山腹に十軒あまりの家の集った部落があった。そしてその家のめぐりの嶮しい傾斜に小さな畑が作られ、そこに青々と伸び出ている麦の芽を見て私は変に思った。暖国に生れ、現に暖い所に住んでいる私にとっては、麦は大抵十二月に入ってから蒔かれ、五六月の頃に刈り取られその間に稲が蒔かれ刈らるるものというう考えしかない。それにそこでは十月の半だというのに、もう一寸も伸びているのである。その事を連れていた案内者に言うと、もう一月も前に蒔かれたもので、これを刈るのは七八月ごろだと答えた。すると一年のほとんど全部をその山畑の僅かな麦のために費すことに当るのである。これとても半年以上を雪のために埋めらるる結果であること無論である。そしてその尊い乏しい麦をたべて彼等は生きて行くのだ。

何というみじめな生活であろうと私は思った。自然と戦うというは無論当らず、自然の前に柔順だというのがやや事実に近かろうがむしろ彼等そのものが自然の一部として生活しているのではないかと私には思われたのであった。

暖国ではどうしても人は自然に狎れがちである。ともすると甘えがちで、どこか自然を馬鹿にする所がある。都会人、ことに文明の進んだ大きな都会ではほとんど自然の存在するのを忘れてでもいる様な観がある。ただ人は人間同志の間でのみ生活して、自然というものを相手にしない、相手にするもせぬも、初めからその存在を知らない、という風のところがある。そして日一日とその傾向は深くなるかに思われる。

この間の様に大地震があったりなどすると、「自然の威力を見よや」という風のことをいう人のあるのをよく見かけるが、私は自然をそうした恐しいものと見ることに心が動かない。ああした不時の出来事は要するに不時の出来事で、自然自身も予期しなかった事ではなかろうかと思われる。大小はあろうが、自然もまた人間と同様、ああした場合にはわれながらの驚きをなすくらいのことであろうと思われる。

そして私の思う自然は、生存して行こうとする人類のために出来るだけの助力を与えようとするほどのものではなかろうかと考えらるるのだ。多少の曲折はあるにしても、その生存を共同しようとする所がありはせぬかと考えらるる。というより、自然の一部としての人間人類を考うることに私は興味を持つのである。

ただ、人間の方でいつの間にかその自然と離れて、やがてはそれを忘るる様になり、たまたま不時の異変などのあった際に、周章(うろた)えて眼を見張るというところがありはせぬだろうか。

火山の煙を見ることを私は好む。

あれを見ていると、「現在」というものから解き放たれた心境を覚ゆる様である。心の輪郭が取り払われて、現在もない、過去もない、未来もない、ただ無限の一部、無窮の一部として自分が存在している様な悠久さを覚ゆる。

常にそうであるとは言わないが、折々そうした感じを火山の煙に対して覚えたことがある。自然と一緒になって呼吸をしている様な心安さがそれである。心の、身体の、やり場のない寂しみがそれである。


高山のいただきに立つのもいいものである。

一つの最も高い尖端に立つ。前にも山があり、背後にも見えて居る。そして各々の姿を持ち、各々の峰のとがりを持って聳えている。

静まり返ったそれら峰々のとがりに、或る一つの力が動いている様な感覚を覚ゆることが折々ある。峰から峰に語るのか、それらの峰々がひとしく私に向っているのか、とにかくそれらの峰の一つ一つに何かしらの力、言葉が動いている様な感じを受取ったことが屢々ある。

いまこう書きながら、回顧し、空想することに於てもそれと同じいものを感じないではない。

雲が湧く。深い渓間から、また、おおらかにうち聳えた峰のうしろから。その雲に向っても私は私の心の開くのを覚ゆる。煙の様にあわい雲、摑(つか)み取ることも出来る様な濃いい雲、湧きつ昇りつしているのを見ていると、私の心はいつかその雲の如くになって次第に軽く次第に明るくなって行く。

眼を挙げるのがいい時と、眼を伏せるのの好ましい時とがある。更にただじいっと瞑(と)じていたい時もある。

伏せていたい時、瞑じていたい時、私はそこにかすかに岩を洗う渓川の姿を見、糸の様なちいさな滝のひびくのを聴くのである。

渓や滝の最もいいのも同じく落葉のころである。水は最も痩せ、最も澄んでいる。そしてそのひびきの最もさやかに冴ゆる時である。

捉えどころのない様な裾野、高原などに漂うている寂しさもまた忘れ難い。

富士の裾野と普通呼ばれているのは富士の真南の広野のことである。土地では大野原といっている。見渡す限り、いちめんの草野原である。この野原を見るには足柄連山のうちの乙女峠、または長尾峠からがいい。この野の中に御殿場から印野、須山、佐野などいう小さな部落が散在しているが、いずれもその間二里三里四里あまりの草の野を越えて通わねばならぬ。

富士のやや西に面した裾野はまたいちめんの灌木林である。そしてその北側はみっちり茂った密林となっている。いわゆる青木が原の樹海がそれである。八ヶ岳の甲州路の広大な裾野を念場が原という。方八里といわれているこの原を越えてゆくと信州路に入る。そしてそこに展開せられた高原を野辺山が原という。

野辺山が原から御牧が原を横切ってゆくと浅間の裾野に出る。追分、沓掛、軽井沢あたりの南に面したあたりもいいが本統に高原らしい荒涼さを持っているのはその裏山にあたる上州路の六里が原である。これはまた打ち渡した芒の原で、二抱え三抱えの楢の木がところどころに立枯になっている。富士の大野原は明るくやわらかく、この六里が原は見るからに手ざわり荒く近づき難い。

阿蘇山の太古の噴火口の跡だったという平原は今は一郡か二郡かに亙った一大沃野となっている。この中央の一都会宮地町から豊後路へ出ようとして真直ぐの坦道（たんどう）を行き行くとやがて思いもかけぬ懸崖（けんがい）の根に行き当る。即ちこれが昔の噴火口の壁の一部であったのだそうだ。私の通った時には、その崖には俥（くるま）すら登る事が出来なかった。九十九折（つづらおり）の急坂を登って行くと、路に山茶花（さざんか）の花が散っていた。息を切らしながら見上ぐるとそこに一抱えもありそうなその古木が、今をさかりと淡紅の花をつけていたのである。私はいまだにこの山茶花の花を忘れない。そしてその崖を登り切るとそこにはまた眼も及ばない平野がかすかな傾斜を帯びて南面して押し下っていたのである。私はこの崖――たしか坂梨といったとおもう――を這い登る時に、生れて初めての人間のなつかしさ自然の偉大さを感じたのを覚えている。まだ十七八歳の頃であった。

芒が刈られ楢（なら）が伐られて次第に武蔵野の面影は失せて行くとはいえ、まだまだ彼の野の持つ独特の微妙さ面白さは深いものである。彼の野をおもうと、土にまみれた若い男女をおもい、また榾火（ほたび）の灰をうちかぶった爺をおもい婆をおもう。かとおもうとそこにはハイカラなネクタイも目に見え、思い切り踵の高い靴のひびきも聞えて来る。芒がなびき、楢の葉が冬枯れて風に鳴る。

これらの野原がすべて火山に縁のあるのも私には面白い。武蔵野はもともと富士山の灰から出来たのであるそうな。

人は彼の樹木の地に生えている静けさをよく知っているであろうか。ことに時間を知らず年代を超越した様な大きな古木の立っている姿の静けさを。

独り静かに立っている姿もいい。次から次と押し並んで茂っている森林の静けさ美しさも私を酔わすものである。

自然界のもろもろの姿をおもう時、私はおおく常に静けさを感ずる。なつかしい静寂（せいじゃく）を覚ゆる。中で最も親しみ深いそれを感ずるのは樹木を見る時である。また、森林を見、かつおもう時である。

樹木の持つ静けさには何やら明るいところがある。柔かさがある。あたたかさがある。

森となるとややそこに冷たい影を落して来る。そして一層その静けさが深（ふか）んで来る。森の中でのみは私は本統に遠慮なく心ゆくばかりに自分の両眼を見開き、かつ瞑ずる事が出来る様である。山岳を仰ぐ時、渓谷を瞰下（みおろ）す時に同じくそれを覚えないではないけれども。

森をおもうと、かすかにかすかに、もろもろの鳥の声が私の耳にひびいて来る。

自分の好むところに執して私はおおく山のことをのみ言うて来た。

海も嫌いではない。あの青やかな、大きな海。うねり浪だち、飛沫がとぶ。大洋、入江、海峡、島、岬、そしてそこここの古い港から新しい港。

しかし、いまそれに就いて書き始めるといかにも附けたりの様に聞える虞があ る。

庭さきに立つ一本の樹に向っていても、春、夏、秋、冬の移り変りの如何ばかり微妙であるかは知り得べき筈である。

況してやそこに田があり畑があり、野あり大海がある。頭の上には常に大きな空がある。

それでいて人はおおく自然界に於けるこの四季の移り変りのこまかな心持や感覚やを知らずに過して居る様である。僅かに暑い寒いで、着物のうつりかえでむしろ概念的に知り得るのみの様である。

何という不幸なことであろう。

一寸にも足らぬ一本の草が芽を出し、伸び、咲き、稔り、枯れ、やがて朽ちて地上から影を消す。そしてまた暖い春が来るとそこに青やかな生命の芽を見する。いつの間にか一本は二本になり三本になっている。

砂糖の壜に何やら黒いものが動いている。

「オオ、もう蟻が出たか！」

というあの心持。

私はあれを、骨身の痛むまでに感じながらに一生を送って行きたいと願っている。それは一面、自然界のもろもろのあらわれが自分の身を通して現われて来る意にもなろうかと思わるる。

【解説】
自由に、つとめて、自在に、

正津 勉

大正九（一九二〇）年、三十五歳。夏、牧水は、来客の多さや妻や子供らの健康を考え、静岡県沼津町（現、沼津市）楊原村上香貫（やなぎはらむらかみかぬき）に転居します。これを機にこの風光の地で静かに仕事に精を出そうと。これからのち数年は牧水にとっては、めずらしく平穏な日々がつづきます。ついてはこの本は「大正十年の春から同十三年の秋までに書いた随筆」（「跋」）を纏めたものです。だからなのでしょう、もともとその筆は自由なのですが、もっとも脂の乗った歳の稿であれば、ここではより自在に書かれている、そういえるようです。

冒頭の「序文に代へてうたへる歌十首」。そのうちの一首にあります。

山にあらず海にあらずただ谷の石のあひをゆく水かわが文章は

「谷の石のあひ（間）をゆく水」。さながらに思いのたけを、とどこおりなく伝えられたら。それこそがこの集にこめた願いなのでしょう。自由に、つとめて、自在に……。

まずは「草鞋の話　旅の話」から。「私は草鞋を愛する、あの、枯れた藁で、柔かにまた巧みに、作られた草鞋を」と。旅の道づれへ思いを寄せます。「いい草鞋だ、捨てるのが惜しい、と思うと、二日も三日も、時とすると四五日にかけて一足の草鞋を穿こうとする」。でそれを捨てる段になると「友人にでも別れる様ならう淋しい離別の心が湧く」。などと草鞋愛を語るかと、やおらそんな「野越え山越えの旅の話」をひとしきり（いやこれが面白いのですが）。「草鞋の話が飛んだ所へ来た。これでやめる」。なんてふうな筆のはこびぶり。

つぎに「酒の讃と苦笑」では。「この酒のうまみは単に味覚を与えるだけでなく、直ちに心の栄養となってゆく。乾いていた心はうるおい、弱っていた心は蘇り、散らばっていた心は次第に一つに纏って来る」。などなどともう「酒の讃」のやまないこと。じつはこのとき当人は医者から禁酒を厳命されているのです。

だがはなからさらさら酒を節する気などないのはあきらか。でその終りに載る「苦笑の歌数首」が痛くも笑えます。

人の世にたのしみ多し然れどども酒なしにしてなにのたのしみ

さらに「貧乏首尾無し」です。「小生の貧困時代は首尾を持っていない。だからいつからいつまでとそれを定める由もない。そんな状態であるためにほとんどまたそれに対する感覚というものをも失って居る観がある」。そのようにはじめて、こうとじるおかしさ。「もう歳も歳だし、子供も大きくなったし、それに三界無宿の身で、今少し何とか考えねばならぬのだが、考えるつもりではいるのだが、どうもまだ身にしみて来ない。おしまいまでこれで押してゆくのかも知れない」。このころの「貧窮」と題する連作にあります。

居すくみて家内しづけし一銭の銭なくてけふ幾日経にけむ

旅、酒、貧乏……。ここまでいわゆる牧水伝説に属する三題噺にふれてきました。しかしながらいま一つ大切な主題を忘れてはならないでしょう。それはそう、自然、であります。まずさきにみた「草鞋の話　旅の話」にこうあります。

「理屈ではない、森が断ゆれば自ずと水が涸るるであらう。／水の無い自然、想うだにも耐え難いことだ。／水はまったく自然の間に流るる血管である。／これあって初めて自然が活きて来る。山に野に魂が動いて来る」と。そして謳います。

「私の、谷や川のみなかみを尋ねて歩く癖も、一にこの水を愛する心から出ているのである」

　なんという水讃歌でしょう。さらに「森が断ゆれば」とありますが、森をつくる樹木について。つぎに引く「自然の息　自然の声」は熱いです。

「自然界のもろもろの姿をおもう時、私はおおく常に静けさを感ずる。なつかしい静寂を覚ゆる。中で最も親しみ深いそれを感ずるのは樹木を見る時である。また、森林を見、かつおもう時である。／樹木の持つ静けさには何やら明るいところがある。柔かさがある。あたたかさがある」

　水が流れれば、樹木が林立し、鳥が啼きます。牧水は、これが無類の鳥好きです。「若葉の山に啼く鳥」、そこではさびしげな鳥の声がひびきあいます。

「（筒鳥は）声に何の輪郭がない。まったく初めもなく終りもない。そしてこの鳥の啼いている間、天も地もしいんとする様な静けさを持った寂びた声である。／これに似たものに郭公がある。これは『カッコウ、カッコウ』と二連の韻を持って啼きつづける。筒鳥よりも一層寂しく迫った調子を帯びている」

鳥は、またこの文にとどまらず、集中の文章の随所に、とりどりに啼いていま す。なかでも「若葉の頃と旅」でしょう。ことにあの榛名の湖と潮来の沼でもって啼きさえずる鳥の天国さながらの聞きなしの声の模様のよろしさ。じつにもう湖沼愛好の牧水の面目躍如であります。

ここで湖沼はさて。牧水は、またとっても火山好きであります。まずさきに引用した「自然の息　自然の声」の一節からみます。

「火山の煙を見ることを私は好む。／あれを見ていると、「現在」というものから解き放たれた心境を覚ゆる様である。心の輪郭が取り払われて、現在もない、過去もない、未来もない、ただ無限の一部、無窮の一部として自分が存在している様な悠久さを覚ゆる」と。そのはてはついには火山萌えが昂じて焼岳登山に挑むことになるのです。そのときの大変さは「火山をめぐる温泉」に詳述されています。

「（大正十年）十月十五日、私は白骨（しらほね）温泉の宿屋の作男を案内としてまず焼岳のツイ麓に在る上高地温泉に向うた。行程四里、道は多く太古からの原始林の中を通じていた。そしてその広大な密林を通り過ぎると、大正三年焼岳の大噴火（註、四年の誤り）の名残だという荒涼たる山海嘯（やまつなみ）の跡があり、……」と。そうしてようやく頂上を踏み涙の一首を詠むにいたるのです。

いわけなく涙ぞくだるあめつちのかかるながめにめぐりあひつつ

（『山櫻の歌』より）

水、樹木、鳥、火山……。うらやましいばかりでしょう。ほんとうに牧水の歩む自然は豊かなかぎり。まだまだもっとみたくあります。『樹木とその葉』。一集に三十五篇を収載。これしきではなく多く俎上にしたいです。しかしながら残る紙幅はあまりありません。いたしかたなければ、さいごにここに収められた詩のうちの二つをとどめて、おしまいにしましょう。

枯野の旅

乾きたる
落葉のなかに栗の実を
湿りたる
朽葉（くちば）がしたに橡（とち）の実を
とりどりに
拾ふともなく拾ひもちて
今日の山路を越えて来ぬ

長かりしけふの山路
楽しかりしけふの山路
残りたる紅葉は照りて
餌（え）に餓（う）うる鷹（たか）もぞ啼（な）きし

上野（かみつけ）の草津の湯より
沢渡（さわたり）の湯に越ゆる路
名も寂し暮坂峠

草鞋歩きのこの名調子！　群馬県吾妻郡中之条町暮坂峠、そこにこの詩碑が建立されています。くわえていま一つみましょう。

空想と願望

噴火口のあとともいうべき、山のいただきの、さまで大きからぬ湖。
あたり囲む鬱蒼たる森。
森と湖との間ほぼ一町あまり、ゆるやかなる傾斜となり、青篠密生す。
青篠の尽くるところ、幅三四間、白くこまかき砂地となり、渚に及ぶ。
その砂地に一人寝の天幕を立てて暫く暮したい。
ペンとノートと、
愛好する書籍。
堅牢なる釣洋灯、
精良な飲料、食料。
石楠木(しゃくなぎ)咲き、

郭公、啼く。

天衣無縫な「空想」と、気儘気随な「願望」と。なんともほのぼのと嬉しくほどけてくるような調べではないでしょうか。

『樹木とその葉』。ここにこの一集に牧水の真髄があります。ぜひとも手にされ読まれたい。

【巻末エッセイ】

歩くからだより出づることば

南木佳士

小雨、暮坂峠、六里ヶ原……。

若山牧水の紀行文に出てくる地名には幼いころから身になじんだものがよくある。

三歳で小学校教諭の母に死なれた身は、露天掘りの鉄鉱山の電気技師兼事務職であり、再婚して鉱山の社宅に住んでいる婿養子の父に引きとられるはずだった。数回、その社宅に行ったとき、バスを降りた寂しげな停留所に小雨と書かれていた。

結局、泣いていやがる孫を哀れんだ祖母の仲裁で生まれた家にそのまま住み、姉とともに彼女に育てられた。

信州佐久の総合病院の研修医となり、数年たった冬に祖母が逝った。早朝、顔を洗いに洗面所に行く途中で倒れてもう息がない、との電話連絡を受け、勤務先の病院に寄って死亡診断書の用紙をもらい、車を飛ばした。浅間山麓の峠を越えると夜が明けてきた。小雪の舞うまっすぐな道を生家に向かって走っていると自然に涙が湧き、視界がぼやけて車のスピードを落とさざるを得なかった。丈の低い木がまばらにはえているだけの荒涼たるその場所が六里ヶ原だった。

むかし、ここには草軽電鉄の停車場があり、カブトムシの愛称で呼ばれた小さな電車が一両か二両の客車を牽いて軽井沢と草津のあいだを三時間以上かけて結んでいた。牧水もこの電車に乗った。時代は重ならないが、祖母の連れ合いはこの電車の運転士だった。

幼いころよりその名のみをよく知っていたからこそ、あえて作品を読み込んでみようとは思わなかった。旅をする明治、大正の有名な歌人のセピア色のイメージはなんだか俗っぽくて近づきたくなかった。生来短歌に興味はなく、牧水の著作を手に取ることはなかったのだが、医者の不養生そのままに、四十歳前後で心身絶不調の状態に陥り、精神科医にうつ病の診断を下され、これはからだを動かさぬ生活を営んできた天罰と思い知り、五十歳から山を歩くようになった。そして、歩きの大先輩としての牧水を知った。

牧水はよく歩く。

歩くと心拍数が上がり、脳の血流が増加し、セロトニンやアドレナリンなどの神経伝達物質がしっかりつくられる。よって脳の働きも活発になり、周囲の景色や身の回りの出来事をおもしろがるゆとりが生まれる。

牧水の風通しのよい紀行文にふと挿入される、寂しい、というどこかしら甘やかな響きを含む表現は、寂しさを覚えている「わたし」を俯瞰する視点の持てない者には用いることができない。脳の働きが低下し、思考が悲観に傾きやすくなってしまう、いわゆるうつ状態のひとは、「わたし」を客観視する視点の構築が困難になる。その結果、みずからが寂しさそのものの虜になって、寂しい、とつぶやく余裕すらなくしてしまう。

近年、一日に歩く歩数の少ないひとほどうつ病になりやすいとの論文をよく目にするようになった。歩かないことによって認知症のリスクが高まる事実も指摘されている。要するに、ひとのからだは何十万年も続いた狩猟採集生活に適するべく進化して現在に至るのであり、歩かなければ生きのびられない仕組みになっているものらしい。

よく歩くひとであった牧水は、もしかしたら、みずからのうつ病への親和性をなんとなく自覚しており、原稿用紙に向かう座業ばかりでは危ないな、と気づくや否や、すぐに外に出て行ったのではないか。

そう考えると、牧水の旅はおのれを生かし続けるためには必須の行動であり、その途上で得られた体験を綴る文章は、まさに生きのびるからだから出たことばで織られている。おそらく、大人が読むに耐える文章とはすべからくそういうものでなければならないのだ。もちろん、短歌雑誌を主宰している立場から、各地方の会に出席する必要があっての旅も多かったのだろうが、なにかのために歩くのではなく、歩きたいから歩く姿勢は旅の目的を問わず一貫している。

私は草鞋を愛する。あの、枯れた藁(わら)で、柔かにまた巧みに、作られた草鞋を。

あの草鞋を程よく両足に穿きしめて大地の上に立つと、急に五体の締まるのを感ずる。身体の重みをしっかりと地の上に感じ、そこから発した筋肉の動きがまた実に快く四肢五体に伝わってゆくのを覚ゆる。

こんな文章に接すると、草鞋は無理としても、せめて藁草履をはいてみたいと切実に思う。

もう三十年以上も前になるが、信州佐久の総合病院から週に一度の派遣で南相木村(みなみあいきむら)の診療所に通っていた。病院から車で四十分ほどかかる山のなかで、午前中の病棟回診を終えて出かけたのだが、診療所の前に車を止めて玄関を開けるとすでに多くの老人たちが畳敷きの待合室に座っていた。炬燵もしつらえてあり、診療所はそのまま老人集会所でもあった。

医師専用の入り口などないので、患者用玄関の端に靴を脱ぐときに見れば、老人たちの履物のおよそ半分は藁草履であった。胸にペースメーカーを埋め込んでいる腰の曲がった高齢女性が藁草履をはいて診療所から出てゆくのを見送りながら、先進医療がこんな山のなかの住人にまで行き渡る日本の国民皆保険制度のすばらしさをあらためて見直すとともに、藁草履を捨てられない高齢女性の身体感覚にからだの芯から同感したものだった。

この診療所に通うようになってすぐに民芸店で藁草履を買い求め、総合病院で上履きとして用いてみた。裸足の裏が乾いた藁に接する感触はすこぶる快適だったが、リノリウムの床ではあまりによく滑り、気管支内視鏡検査の際は足元のふんばりがきかずに危険なので、病院での使用は一日で諦めた。近所を歩くときにはいたりしていたが、いつの間にか飽きてしまい、あの藁の感覚を忘れていたところにこの文章を読んだものだから、今度は本物の草鞋をはいて徒歩通勤する夢が芽生えてしまった。

そのことを妻に話すと、やめてください、と即座に返された。登山用の帽子をかぶり、小さなザックをしょい、夏は黒い日傘をさして田んぼのなかの路を千曲川沿いに建つ病院に通勤する六十八歳のおっさんはその風体からして十分に怪しいのだから、これに草鞋が加わったら目も当てられない、との意見だった。

鳥打帽にマント、脚絆に草鞋履きの牧水が大木の前に立っている写真を見たことがある。晩年の旅姿とされていたが、凜々と歩く者としての品格のよさと、生まれ持ったらしい人懐っこさが感じられ、田舎のひとたちが喜んで彼を迎え、酒をすすめた気持ちがよくわかる。

その酒をすすめられるままに呑んだ牧水は四十三歳の若さで肝硬変により死亡している。こんな事実を知ってから読むゆえかもしれないが、なんだか生き急いでいるような文章に出合い、はっとさせられる。

それにしても、どうも私は旅を貪りすぎる傾向があっていけない。行かでもの処まで、われから強いて出かけて行って烈しい失望や甲斐なき苦労を味わうことが少なくない。

しかしそれも、『こういう所へもう二度と出かけてくることはあるまい、思い切ってもう少し行ってみよう。』という概念や感傷が常に先立っているのを思うと、われながらまたあわれにも思われて来るのである。

牧水の創作に関する正直な告白も興味深い。

瀬戸内の島に住む友人の家に滞在し、一年余りの郷里滞在中の歌を清書しようと見直してみると、その直截すぎる表現に驚き、読むのが恐ろしくなってきて食事の量まで減ってしまう。友人が心配して清書してくれたのだが、この回顧文を読むと、短歌というものがある程度の修練を積んで定型のなかに納めればいくらでも創れてしまい、そのときの気分でどこまでも感傷的な作品ができてしまうものらしい、そのことの怖さを思い知らされる。

水平線が鋸の歯のごとく見ゆ太陽のしたたなる浪のいたましさよ

悲しき月出づるなりけり限りなく闇なれとねがふ海のうへの夜に

じぶんの作品でありながら、いたましさ、悲しき、などの表現にいたたまれなくなる牧水の心情がよくわかる気がするのは、作品と作者との距離があまりに近すぎると、それは限りなく私的な日記に近づいてしまい、本来そうあるべき他者の鑑賞向けではなくなってしまうからなのだろう。

小説もそうだが、推敲は作者のなかの読者の視線でおこなわれなければならない。新人作家の場合は最初の読者である編集者からの指摘で初稿に何度も修正を施すことが多いのだが、牧水はみずからはっきりと初稿の瑕疵に気づいた。そして基本に還るべく、懸命に万葉集を読み返した牧水。だとしたら、例のあまりにも有名な代表作、白鳥は哀しからずや、とか、幾山河越えさり行かば、の歌は牧水自身にとってどんな位置を占めていたのであろうか。

歓迎の宴の酔った勢いで質問してみたかった。

この散文集のなかで、「虻と蟻と蟬と」は独立した掌編小説として読め、作者の鬱屈を身辺の細部を丁寧に描くことで表現している傑作であり、志賀直哉の短篇を連想するひとも多いのではないだろうか。歌いあげる短歌もよいが、牧水の資質はむしろこの作品のような抑制された筆致の散文に向いていたのではないかという気がしてならない。

からだが歩く。歩いたからだが書く。牧水のからだから出づることばで編まれた、寂しさすらも清々しい随筆集をいま読めるありがたさを読後にしみじみかみしめている。

歌と散文と、ほんとはどちらがお好きなのですか。

歩き始めるときの気持ちは、楽しい、ですか、寂しい、ですか。

牧水の滞在した宿が佐久市内にある。歌会のあとの酒宴にまぎれ込み、持ち込んだうまい地酒のぬる燗をすすめながらそっと聞いてみたくてたまらない。

若山牧水（わかやま　ぼくすい）
1885（明治18）年、宮崎県生まれ。延岡中学時代から作歌を始める。早稲田大学英文科卒。早大の同級生に北原白秋、土岐善麿らがいた。1910年刊の『別離』は実質的第一歌集で、その新鮮で浪漫的な作風が評価された。11年、創作社を興し、詩歌雑誌「創作」を主宰する。同年、歌人・太田水穂を頼って塩尻より上京していた太田喜志子と水穂宅にて知り合う。12年、友人であった石川啄木の臨終に立ち合う。同年、水穂が仲人となり喜志子と結婚。愛唱性に富んだリズミカルな作風に特徴があり、「白玉の歯にしみとほる秋の夜の酒はしづかに飲むべかりけれ」など、人口に膾炙される歌が多い。また旅と自然を愛し『みなかみ紀行』などの随筆をのこした。27年、妻と共に朝鮮揮毫旅行に出発し、約2カ月間にわたって珍島や金剛山などを巡るが、体調を崩し帰国する。28年、日光浴による足の裏の火傷に加え、下痢・発熱を起こして全身衰弱。急性胃腸炎と肝硬変を併発し、自宅で死去。享年43歳。

田畑書店

樹木とその葉

2019 年 10 月 05 日　第 1 刷印刷
2019 年 10 月 10 日　第 1 刷発行

著者　若山牧水

発行人　大槻慎二
発行所　株式会社　田畑書店
〒 102-0074　東京都千代田区九段南 3-2-2　森ビル 5 階
tel 03-6272-5718　fax 03-3261-2263

装幀・本文組版　田畑書店デザイン室
印刷・製本　シナノ書籍印刷株式会社

Printed in Japan
ISBN978-4-8038-0365-5 C0195
定価はカバーに印刷してあります。
落丁・乱丁本はお取り替えいたします。